波上の舟

京極竜子の生涯

野村昭子

目次

波上の舟　京極竜子の生涯

「利家とまつ」の姫たち

装丁　早里八重

波上の舟

京極竜子の生涯

一、京極丸

何処からともなく、ゴーンゴーンと新しい年明けを知らせる梵鐘の響きが聞え、善男善女は神社仏閣に初詣へと足を運ぶ。

寛永六年（一六二九）正月、松の丸殿と称されていた京極竜子は京都西洞院の屋敷で、七十五歳の春を迎えた。

竜子は部屋に大好きな白玉椿の花を鶴首の花瓶に一輪飾り、武田元明と竜子との間に生れた勝俊（長嘯子《ちょうしょうし》）と新年を祝い、楽しそうである。

「徳川さまの世になって、もう二十六年になりますね。この歳になって勝俊と一緒にお正月を迎えられるとはね……」

波乱に満ちた戦国時代を生き延びてきた竜子は、つくづくと幸せを噛み締めることができる現在の境遇を感慨深く、反芻することができた。

「勝俊は、父上が秀吉殿によって誅せられた時、高台院さまに匿っていただいたのです。だからこそ、こうして風流人としていられるのですよ」

「母上、そのことはよく承知しております。しかし、母上は秀吉殿の側室になり、奥方の高台院さまは、さぞ複雑なお気持ちだったことでしょう」

「そうでしょうね、心のお広い方でした。高台院さまにはお世話になりました。また、高台院さまがお友達のように親しくされていた加賀の前田利家公の奥方芳春院さまにも、色々と親しくしていただきましたね。

母が再興した誓願寺（京都市中京区新京極）に御来迎の柱を寄進して頂きました。そればかりでなく女性ばかりで柱を一本ずつ寄進するように奔走されたのも芳春院さまでした。その時は、女性たちで幸せを願ったものでした」

竜子はお屠蘇を少し嗜んだせいか、頬をほんのりと薄紅色にさせながら、話を再び続ける。

「そうそう、太閤殿下が晩年に催された醍醐の花見の宴で、母が淀殿との盃の争いをした時に、芳春院さまが仲裁にはいってくださり、その場が丸く収まったことがありました。

高台院さま、芳春院さまのお二方は、世の中の動きをしっかり見つめておられる方でした。そのお二方もすでにこの世においでになりません」

と、二人を懐かしむかのように話を続けた。

京極竜子の脳裏には、戦国の世を生き抜いた女性たちの生きざまが昨日のように思い起こされ、自らもその時代に生きた女性として、さまざまな思い出が走馬灯のように駆けめぐる。

竜子は天文二十五年（一五五六）、近江国小谷城内の京極丸で、宇多天皇を始祖とする近江源氏の流れを汲む京極家十八代高吉の長女として、この世に生をうけた。母は小谷城主浅井久政の娘であった。父が伊吹山の大平寺村から寄越した乳母お竹に育てられ、お竹は竜子をまるで大輪の美しい花でも咲かせるように、母親に代わって溢れんばかりの愛情を注ぎ、竜子をしつけ、育てた。

ここ近江国小谷城内の京極丸では永禄六年（一五六三）、竜子に弟の小法師（高次）が誕生した。父京極高吉はことのほか喜んだ。

竜子は、小法師の柔肌の頬をそっとなでたり、いつまでも飽きることなく、小法師を眺めている。側にいた乳母のお竹が声をかけた。

「小法師さまと竜子姫は世が世ならば、近江国の江北一帯の若君とお姫さまなのですよ。小谷城内でお二人がお生まれになられるとは……」

と、お竹は嘆く。

近江国は二つに分かれ、愛知川より南を江南、愛知川より北を江北と称していた。

近江源氏の古くから続く佐々木氏が江南佐々木、江北佐々木の両家に別れ、江南佐々木は六角氏、江北佐々木は京極氏と呼ばれていた。

この小谷城で、竜子は美しい乙女に成長した。

竜子は、お竹をなぜか「お竹さ」と呼ぶ。

ある日、お竹が浴室で竜子の色白の柔肌を糠袋で玉のように磨きをかけていると、竜子が、

「お竹さ、京極家について竜子に話をして」

と、お竹にせがんだ。

入浴のあと、寝所に戻った竜子に、お竹は静かな口調で話し始めた。

「京極家について喜んでお話ししてあげますよ。竜子姫のお生まれになった京極家は、源氏の流れを汲む佐々木一族で、佐々木泰綱さまというお方が京都六角東洞院に住まわれ、六角を名乗り、弟の氏信さまは京極高辻に館を構え、京極と名乗られたのです。それから京極の名がはじまったのですよ」

お竹は誇らしげに語る。

「そうなの。お竹さは詳しいのね。でもどうして私たちは小谷城にいるの。お竹さ話を続けて。父上は何もおっしゃらないから」

竜子は、どうして小谷城内の京極丸に住むようになったのか不思議でならなかった。

「お竹さ、母上が小谷城主浅井の娘だから小谷城にいるの。父上は浅井家のお婿さんだから浅井家に仕えているの」

「なんてことをおっしゃるのですか。京極家は代々足利将軍家のお近衆でした。お父上は義輝将軍にお仕えになっておられますよ。でも家臣たちは浅井家に仕えるようになりました」

「どうして」

竜子は不思議そうに聞く。

「応仁の乱以後、世の中がおかしくなったのです」

「応仁の乱ってなあーに」

竜子は瞼をこすりながら、問いかけようとする。

「そうね、竜子姫にはちょっと難しいかもしれません。もう眠いでしょ。明日また続きをお話ししてさしあげましょう。今日はもうお休みなさいませ」

まもなく竜子は可愛い瞳を閉じた。お竹も別室に下がり、竜子が着用していた着物を整理したあと、眠りに就いた。


どこからともなく聞こえる小鳥のさえずりとともに、東の空が白み始め、淡い光が小谷の山々の桜を浮かびあがらせた。

「竜子姫、今朝はお天気もよろしゅうございます。桜のお花見をしながら、昨日の続きをお話ししてさしあげましょう」

「嬉しい」

お竹は、ふと道誉桜といわれる見事な枝垂桜を思い出し、

「京極家五代目の道誉さまは、始祖氏信さまが創建されました清滝寺に桜を植えられたのです。その桜は道誉桜と呼ばれているのですよ」

と、一本の桜の木を見上げながら話した。

「道誉さまは、室町幕府の初代将軍足利尊氏さまの信任が厚く、京極家は江南の六角家よりも勢いがありました。江北三郡に加え、飛騨、出雲、上総の守護職を兼ねるほどになり、室町幕府の侍所所司を任ずる山名、一色、赤松と並ぶ四職家の一つとしての家柄だったのです」

「そうだったの……」

竜子は、ただ漠然とお竹の説明を聞いていたが、昨夜の話の続きを聞きたいらしく、

「お竹さ、応仁の乱ってどんなことなの」

「応仁の乱は、八代将軍の足利義政さまにお子さまがなく、義政さまは弟君の義視さまを跡継ぎにと、お考えでしたが、奥方の日野富子さまに、十年ぶりに義尚さまというお子さまがお生まれになり、その跡継ぎ争いが応仁元年（一四六七）に起って、それが後に応仁の乱と呼ばれるようになったのです」

「ふーん。それで京極家はどうなったの」

竜子は、話をせかせた。

「その後、各地で国取り合戦が始まったのです。今までは佐々木六角、佐々木京極の両家は相争うことはなかったのですが、六角家の義実さまが十一代将軍足利義澄さまの妹婿でしたので威勢がよく、京極家と争うようになりました。六角家は江南観音寺山に住み、竜子姫のご先祖の京極高清さまは坂田郡伊吹山の山中上平寺の城にお住いでした」

「お竹さは、上平寺から来たから、それで京極家に詳しいのね」

「さようでございます。お竹の先祖は代々京極のお殿様にお仕えしておりましたから」

お竹はやや興奮ぎみに、竜子の父高吉まで京極家代々の話をきめ細かく語り聞かせた。

京極高清が病気がちのため、これに乗じて勢力を強めた江南六角が、京極領の愛知郡、犬上郡の二郡を占領し、京極家の領土は狭められた。高清は政務を侍大将の上坂泰貞にまかせ、自らは上平寺城に引き籠った。

上坂泰貞には嫡子がなく、高清が二男泰舜を上坂家の養子にして上坂城に住まわせ、泰貞は今浜に隠居した。しかし、泰貞が亡くなると、上坂城と今浜城は上坂の家臣浅井新三郎亮政の夜討ちにあい、乗っ取られることになる。

上坂城、今浜城が浅井亮政に乗っ取られたのは永正十三年（一五一六）の秋であった。京極高清は、病を押して江北軍の兵を率いて浅井を追討しようとしたが、病が重く思うにまかせず、ついに翌十四年病死した。

その年の九月、京極家を相続した高峯は、六角定頼に援軍を依頼し、浅井が籠る小谷城を攻めようとした。しかし、浅井方は越前の朝倉義景に加勢を求めたことから、六角は朝倉と、京極は浅井と、戦わなければならなくなった。

ところが六角、京極はともに敗北を喫し、高峯はいったん浅井と和睦したものの、同十五年五月に再び戦いを挑んだ。だがこれもまた負け戦となり、再び浅井と和睦せざるを得ず、高峯は江北の支配を浅井に譲らなければならなかった。

浅井亮政は、小谷に小城を築き、京極丸と名付けて高峯に住まわせた。京極の所領は浅井亮政に横領され、江北の諸士は悉く浅井に従うところとなった。

高峯は暫く京極丸に居住していたが、天文八年（一五三九）五月、家督を高秀に譲り、伊吹山の上平寺城に隠居し、同十五年に他界した。

京極高秀は、享禄元年（一五二八）から足利十二代将軍義晴に仕えたが、天文十九年（一五四九）五月、義晴が近江国穴太で他界したために、上平寺城に帰り、弘治二年（一五五六）に死去した。

高秀の跡を相続したのが竜子の父高吉である。

お竹は、祖父から聞いていた京極家にかかわるこれらの話を、竜子に語り聞かせた。

「父上はまるで京極丸の館に拉致され、浅井の娘と政略結婚させられたのね。竜子は拉致された先で生まれたことになるのね」

竜子はこれまでのお竹の説明を砂に水が染み込むように吸収し、京極丸の館に住んでいる事実が飲み込めるようになった。

「京極家がこのように名門の家柄であることを誇りとし、これを肝に銘じておきなさい」

「お竹さ、竜子がきっと弟と一緒に京極家を再興してみせます」

「なんと竜子姫の頼もしいことでしょう。お竹も竜子姫のためにお力になります」

お竹がこのように京極家の話を言い聞かせる間にも、日本国内の各地では群雄割拠が展開されていた。

足利尊氏にはじまった室町幕府は管領職の斯波家、細川家、畠山家が没落し、駿河国今川義元、美濃国斎藤道三、相模国北条氏康、甲斐国武田信玄、越後国上杉謙信などが天下取りを争っていた。

永禄三年（一五六〇）、今川義元が上洛の途上、尾張国に侵入してきたところを、義元の本陣桶狭間に尾張国の織田信長が奇襲攻撃をかけ、義元はあっけなく敗死した。

今川義元を滅ぼし自信を得た信長が天下統一の野望に燃えていた。

永禄五年（一五六二）正月、織田信長は、今川義元の属将だった三河国の徳川家康の長男信康に娘を嫁がせるなどして、家康と同盟を結んだ。

信長はまた、「近江を制するものは天下を制する」といわれる教訓通り、上洛の足がかりとするため妹お市を小谷城主の浅井長政に嫁がせようと考えた。

しかし、浅井長政と父久政は果たしてこの縁談を承諾してよいものかどうか悩む。

「長政、縁談は織田殿が越前国の朝倉義景を討ち取るために仕掛けたものではないかのう」

久政は心配そうに語る。

「父上、そうでしょうか」

長政には、そこまでは考えが及ばない。

「加賀国の一向一揆軍と石山本願寺の門徒との交流を妨げ、さらに越後の上杉謙信の上洛の押さえにしようとさえ考えているように思えるがのう」

久政には、長政がこの縁談に乗り気であることが気懸かりでならなかった。

「浅井家は、長政の祖父亮政の代から越前の朝倉氏には恩義があり、朝倉家とは同盟を結んでいる。織田殿が朝倉家を攻めるような予感がしてならないのじゃ」

「父上、それでは織田殿に朝倉家と一戦を交えないとの約束を取り付けたうえで承諾すればよいではありませんか」

「そうするか」

永禄七年（一五六四）、長政は、信長に朝倉を攻撃しないとの約束を交わしたうえで、お市を妻に迎えることにした。

お竹は、お市が絶世の美女だというもっぱらの評判を聞いており、輿入れの当日、京極丸の入り口まで行列を見に行こうとした。

そこへ、竜子が、

「お竹さ、竜子も行列を見に行きたい」

と、お竹にせがんだ。

「何をおっしゃいますか。姫さまともあろう方が、はしたないですよ」

お竹はたしなめた。

「変装して行くから大丈夫」

「だめですよ」

お竹は、せがむ竜子を諦めさせ、急ぎ行列を見物し、ほどなく竜子のもとに戻って来た。

「どうだった。お美しい方だった」

竜子は好奇心ありげに聞く。

「それはお美しい方でした。でも冷たい感じがしました」

「そう」

「竜子姫の方がぽっちゃりとして何となく気品のある美しさがありますよ」

竜子を一人の姫として育てた誇りがお竹にはあった。

永禄九年（一五六六）、信長は美濃国も平定し、天下布武の印を使用しはじめる。

美濃攻略に墨俣城を一夜にして築城したのが木下藤吉郎、のちの太閤殿下となる豊臣秀吉であった。竜子が後に秀吉の側室となる「松の丸」と称されるようになろうとは、この時お互いに知る由もない。

永禄八年（一五六五）五月十九日、十三代将軍足利義輝が、大和を支配した松永久秀、畿内を制した三好三人衆によって二条御所に急襲を受け、奮戦したものの敗れ、自害するという事件が起きた。

松永らは、さらに義輝の弟でのち織田信長に奉ぜられ、十五代将軍義昭となる奈良興福寺一乗院門主の覚慶をも殺害しようとした。だが覚慶はかろうじて難を逃れた。

松永は、のちに義輝の従兄弟の義栄を阿波国から将軍の跡目として迎え、永禄十一年（一五六八）二月、足利十四代将軍に擁立する。

一乗院より脱出した覚慶は、兄義輝の家臣、近江国甲賀郡の和田惟政を頼って、惟政の館に逃れた。竜子の父高吉は惟政の館で密かに覚慶を迎えた。

「京極殿、江北の領土内に住まいは出来ぬものか」

覚慶は高吉に期待をかける。

「はあ、残念ながら、今では江北は京極の領土ではございません。浅井家の領土でございますので、浅井長政になんとか頼んで見ますれば、しばらくのご辛抱を」

高吉は口惜しそうに答えた。

「江北は京極家の領土だと、未だに思っていた。そうだったな」

覚慶の表情には苦悩の色が浮かんだ。

「京極殿、浅井長政殿に頼んではもらえないか」

と、惟政が横から遠慮がちに声をかける。

高吉はしばらく思案したが、

「かしこまりました」

と、答え、早速覚慶の親書を携えて小谷城に急いだ。

高吉の心中は、京極家の一徒卒だった浅井家におめおめ頭を下げるのは屈辱であったが、足利将軍家の大事を思い、ここは我慢のしどころであった。

まもなく浅井久政、長政父子は高吉の依頼を受け入れ、同年十一月、矢島村（滋賀県守山市矢島町）に覚慶を迎えることにした。

矢島村には、文明年中（一四六九—八七）、一休宗純の高弟桐嶽紹鳳が開いた古刹臨済宗大徳寺派の万松山少林寺がある。大永六年（一五二六）に、連歌師宗長が当寺で連歌の会を催したという。

永禄九年二月、覚慶は同寺で還俗して義秋と名乗った。

矢島に若狭国守護武田義統が密かに訪れてきた。義秋の姉を武田義統の室に迎えている。

「この度は、義兄義輝殿におかれましては痛恨の痛みでございます」

「義兄の武田殿か、幼い時より一乗院に入門させられていたため、姉婿殿に会ったことがなかったのう」

「お初にお目にかかります」

二人の会話はしばらく続いたが、一段落すると惟政が会話に割って入った。

「京極殿の姫を武田義統のご子息元明殿に嫁がせてはどうかの」

と、突然云いだしたのだ。

和田惟政の唐突な提案に、二人は一瞬、驚いた様子を見せたが、義秋はすぐに惟政の意図を察し、

「それは良い考えだ」

と、相槌をうった。

「義秋殿と元明殿の母上はご姉弟ですから、まず京極殿の姫を嫁がせ、武田殿と姻戚関係と

なり、武田殿と協力して足利家再興をいたそうではないか」

と、惟政は足利将軍の旗上げをもちかけた。武田義統は京極家より姫を迎えるのに異存はなかった。高吉も久しぶりに胸が高鳴った。

高吉は、京極丸の館に帰っても、会談の余韻が収まらない。将軍家との姻戚関係に娘を嫁がせることによって、高吉はなんとしても京極家を再興したいと願ったからである。高吉はすぐさま竜子とお竹を部屋に呼んだ。

「竜子、若狭国の武田元明殿に嫁ぐのだぞ」

と、高吉は強い意志を込めて二人にそう伝えた。

竜子は父の突然の言葉に驚いたが、父の気色ばった顔色から父の思いを察し、

「はい、かしこまりました」

と、素直に返答した。

「若狭の武田家は、甲斐の武田家、安芸の武田家と同じく先祖は清和源氏の流れだ。家柄では京極家として申し分のない縁だと思うぞ」

利発な竜子は、

「甲斐の武田家と安芸の武田家、それに若狭国の武田家とはどのような関係なの」

と、問いかける。

「若狭の武田家は、永享十二年（一四四〇）頃に、安芸国の武田信栄が、足利将軍義教の命により若狭国の守護一色義貫を滅ぼし、一色に代わって若狭守護職となり、若狭を治めたことに始まる。甲斐の武田信玄にも遠祖になる」

「お父上、わかりました」

「竜子の母は浅井家の娘だから、母の前では云えぬが、わしは京極家をなんとしても再興したいと思っている」

「竜子は、お竹さより京極家の過去について聞かされておりますので、お父上と同じ考えです」

「お殿さま、この間も竜子姫にご説明いたしておりました」

「お竹、竜子に京極家について話してくれたのか。ありがとうよ。さすがはお竹だ。若狭へいって竜子を守ってくれ」

「かしこまりました。お竹は竜子姫をしっかりとお守りいたします」

お竹の返事に決意がこもる。

高吉は、武田家が丹波国の内藤氏の攻撃や家督相続をめぐる家臣の反乱によってかつての力を衰えさせていることを、うすうす感じているが、武田家に協力を求め、足利義秋を奉じて上洛し、京極の巻き返しを図りたいという夢に望みをかける。

お竹の育てた竜子という大輪の花が蕾の年頃となり、人生の荒波にもまれる船出となる。

二、輿入れ街道

永禄九年（一五六六）青葉の頃、竜子の輿入れの朝がきた。昨夜来の雨もすっかり晴れあがり、新緑の木々の青さがひときわ輝いていた。

竜子は両親に伴われて母方の祖父浅井久政の居住の小丸、叔父長政の本丸をそれぞれ訪れ、別れの挨拶をして回った。京極丸では、両親にこれまでの礼を述べたあと、父の耳元にそっと囁いた。

「竜子は京極家のために若狭へ参ります」

高吉は、嬉しさを目で竜子に伝えた。

小谷城を後に、竜子を乗せた輿は、小谷山の尾根づたいに上山田村（現湖北町上山田）、下山田村（現下山田）と下り、一路、若狭へと向かった。

山田村は山田氏が居住している土地で、先祖の山内氏が源頼朝に仕え、文治年中（一一八五―一八九）に頼朝から二百石の地を賜った土地だという。

小谷山の北から、遠く加賀白山にいたる峰々が続く。その峰の一つ己高山《こだかみ》の麓近くまできたところで、竜子の一行は休憩をとった。

輿の中で、喉を潤す竜子の側にお竹が寄ってきた。

「小谷山の南の麓の郡上という村にある小谷寺や、その先の木之本へ行く途中の渡岸寺《どうがんじ》村（高月町渡岸寺）には素晴らしい観音さまがお祀りされています。中でも渡岸寺の観音さまはひときわお美しいお姿です。お参りして行きましょう」

と、声をかけた。

「お参りしましょう」

竜子は喜んで答えた。

渡岸寺村まで、そう時間はかからなかった。

輿から降りた竜子は、観音堂の前で思わず声を上げた。

「まあ、お美しいお姿。お顔が綺麗。頭の上に幾つものお顔があるのね」

はじめて見る十一面観音菩薩の姿に、竜子はただ驚嘆するのみであった。

しばらく観音菩薩に手を合わせ、像の姿に見入っていると、村人らしき老女がやって来て、竜子らに声をかけた。

「貴女方はあまり見かけないお人じゃのう」

「はあ、旅の途中に観音さまに、お参りしたくて」

お竹は素性を明かせず、しどろもどろに答えた。

「わしは毎日こうしてこの観音さまにお参りしていますのじゃ。ずっと昔の話になるが、聖武天皇の御代（七二四―四九）の天平九年（七三七）に、都に疱瘡が大流行し、死者が多く出たらしい。天皇さまは泰澄というお坊さまに除災の祈祷をお命じになり、泰澄さまが刻まれたのがこの観音さまだと村では伝えられております。それで、この渡岸寺が建立されましたのじゃ。わしらはこの観音さまに見守られ、村人で大切にお守りしておりますのじゃ」

老女は、人懐っこく二人に語りかけてきた。

渡岸寺村（現高月町渡岸寺）の名は渡岸寺に由来する。

渡岸寺の十一面観音菩薩は檜材の一木造りで、高さは約六尺五寸（一・九五メートル）もある立像である。

竜子はお竹とともに、立像の前に立ち、無心になって合掌し祈りを捧げた。

竜子はその背の高い立像を見上げながら、

「観音さまが左手に持っておられるのは花瓶、それとも水瓶なの」

不思議そうに尋ねる。

竜子の素朴な疑問に、村の老女が優しく説明した。

「あるお坊さんの話によるとな、日本の十一面観音菩薩さまは左手の水瓶に蓮の華を挿しておられるそうじゃ。この観音様の水瓶には蓮の華がないので、ただの瓶のように見えるが、そこに蓮の華があるように思い浮かべればよいそうじゃ」

十一面観音菩薩の側近くに立って、心奪われるように見つめている竜子に、お竹は昔、祖母から聞いた十一面観音菩薩についての話を語り始めた。

「菩薩さまというのは、まだ悟りを開いておられない修行中の仏さまのことですよ。十一面観音菩薩さまは、色々なお顔に刻まれた菩薩さまを頭の上に載せておられますが、それは衆生のもろもろの苦悩を救済される大きな力を示しておられるのですよ」

十一面観音菩薩は、正面に慈悲の相を表す三面の慈悲面と、左に忿怒《ふんぬ》の相を示す三面の瞋《しん》怒面《ぬめん》、右に菩薩面に似て牙を上に向かって突き出す狗牙上出面《くげじょうしゅつめん》と呼ばれる面を戴き、背後に暴悪大笑《ぼうあくだいしょう》を表す大笑面がある。合わせて十面が頭上にぐるりと輪形に並べられている。頂上にさらにもう一面、菩薩面を戴いている。善人には慈悲をもって、悪人には怒りをもって仏道に導き、清らかな行為を賛嘆し、悪い行為を改めさせて衆生を仏道に導く菩薩さまであるという。

竜子はお竹の説明を聞きながら、不思議に思ったのか、

「この観音さまは、両方のお耳の横にお面がありますね。左側のお面は牙をだし、くいしばっておられるようね」

「耳の横に二面を配しておられるお姿は珍しいですね」

頭上の宝髪には小さな仏像が飾られており、両耳の朶には大きな耳と呼《じとう》ばれる鼓胴式の珍しい耳飾りがつけられている。

「うしろのお面も見せていただきましょう」

竜子はお竹に促されるまま、恐る恐る十一面観音の背後に回った。

「お竹さ、うしろのお面は本当に大きな口をあけて笑っておられる。怖いようなお面ね」

「そうですね。若狭へゆけばもう二度と拝めないかも知れません。もう一度、前に戻って観音さまを拝みましょう」

渡岸寺の十一面観音菩薩立像は肉付きの良いお姿で、腰を左に少しひねり、すべすべとしたふくよかな腹部にお臍が十文字に刻まれており、まるで無花果の先端を思わせる。

膝あたりに木目がそのままむき出しになっており、それが木の温もりを感じさせる。うつむき加減の目は、万民を慈しむかのような眼差で、立像全体に品位が漂っている……。

お竹はつくづくと思った。

竜子にはまだその意味がよく分からないが、竜子の脳裏にこの観音さまの慈悲深いお姿が焼きついた。

この観音さまのお姿が、のち竜子が気丈で心優しい女性に成長していくうえでの心の支えとなるのである。

竜子とお竹の二人は渡岸寺に後ろ髪を引かれながら、渡岸寺を後にし、奥琵琶湖・湖北路を進み、木之本村に向かった。

木之本の宿（木之本町木之本）に着いた頃は、日もとっぷりと暮れていた。

木之本の宿は、木之本地蔵で知られる時宗の浄信寺の門前町として発展した宿で、門前の北国街道から北国脇街道が分岐している。

京極丸を朝早く出発した竜子は疲れたとみえ、夕食を済ませたのち、早い眠りについた。

お竹は、竜子が休んだあと、宿の主人に、先程道中で見かけた浄信寺の地蔵菩薩について尋ねてみた。

「あのお地蔵さまについて、ご存知のことをお教えいただけましょうか」

声をかけられた主人は、用事の手を休め、前掛けをはずしながら、

「あのお地蔵さまは、はじめは天武天皇の御代に、龍樹菩薩さまが刻まれたといわれる金色に光る地蔵菩薩が難波浦に漂着し、金光寺《こんごう》というお寺を建立になり、安置されたと聞いております」

「どうして、この木之本に安置されているのでしょう」

「天武天皇が、白山への参拝の途中、この木之本でめでたい紫雲をご覧になり、当地を霊地

とお考えになったのです。天武四年（六七六）に、金光寺を当地に移転されました。そののち弘法大師さまが弘仁三年（八一二）に地蔵経を書写して納経され、醍醐天皇が長祈山浄信寺と寺号をお改めになったと、ご住職さまに伺っております」

「お陰さまで、お地蔵さまのことがよくわかりました。お手をとらせて申しわけございませんでした」

　宿の主人は、思い出したように付け加えた。

「そうそう、足利将軍さまも尊氏さまから歴代の将軍さまがこのお地蔵さまを崇敬されておられました」

　お竹は、心の中でその足利将軍家の縁戚へ嫁ぐ竜子姫のお世話をしているのだと誇りに思う反面、故郷の伊吹山がだんだん遠くなる、一抹の淋しさも憶えるのであった。

　木之本の宿を早朝に発った竜子の輿入れの一行は、両側に旅宿の立ち並ぶ街路を通り抜け、北国脇街道へと進み、途中なだらかな山並みの賤ヶ岳を横手に見ながら、琵琶湖最北端の塩津湊（西浅井町）に向かった。

　塩津湊は、近江と越前国敦賀を結ぶ最短距離の重要な交通路である塩津街道又は五里半越えと呼ばれる街道の要衝である。

　街道は塩津湊から塩津川沿いに北上し、沓掛村（西浅井町沓掛）で越前との国境、塩津山

（深坂峠）を越えて追分村（現敦賀市）へ出る。

紫式部が、越前国司の父藤原為時とともに越前へ下向した時に、

知りぬらむ
　往来にならす塩津山
世に経る道は
　からきものぞと

と、塩津街道を詠んでいる。

この深坂越えがあまりにも険しいために、弘治年間（一五五五—五八）に、その東方の新道野を迂回して通る新道越えが開かれた。

越前、加賀、能登、越中、越後、佐渡の六カ国から物資が敦賀に集められ、敦賀から馬の背に乗せ、この塩津街道を利用して塩津湊に運ばれ、湊より湖上を利用して大津に輸送し、京の都に運ばれた。

一行は、塩津湊を通過して月山峠を越えて、八田村の盆地を通り、小山、永原を越え大浦より、琵琶湖岸に沿いながら海津大崎（高島郡マキノ町）の湖畔で輿を降ろした。

竜子は輿に揺られて疲れたと見え、輿の中より外に出て、琵琶湖を眺めながら、思わず叫んだ。

「ああ、気持ちがいい。湖の上にぽっかりと浮かんだように緑色に茂った島が見えるね」

「あの島は竹生島です」

お竹が教えると、竜子は湖岸の左の方に指を指し、

「いくつもの岩が飛び出している」

「琵琶湖にこんな荒々しい岩が突き出ているとは、お竹は知りませんでした」

それぞれの岩に名称がつけられている。天狗の鼻に似ているという「天狗岩」、八畳敷もの広さがある「八畳岩」などと呼ばれている。

かがんで人が隠れるくらいの岩もある。

この岩は、文治三年（一一八七）二月、源義経が兄頼朝に追われ、舟で琵琶湖に逃れ、海津付近に上陸した時に一時身を隠したといわれ、「義経の隠れ岩」と名付けられている。義経は海津の土地を逃げながら、加賀国守護富樫氏の領土の安宅《あたか》の関を通過して、奥州平泉の藤原秀衡を頼って下ったという。

「今日はお天気が良いから、碧く澄んだ静かな湖面にさざ波がただよって、きらきらと光って見えますね」

お竹は心地よさそうである。

湖畔にいくつもの奇岩が突き出ているかと思えば、切りたった断崖に常緑樹が繁殖し、湖面の蒼さと緑が溶け合い、神秘的な景観を醸し出している。

海津大崎の湖畔に接する山の中腹に、北陸の霊峰白山を開いた泰澄大師の作と伝えられる十一面千手観音菩薩像を本尊として祀る大崎寺がある。

竜子の一行は、暫く風光明媚な湖畔を眺めながら、湖岸沿いに海津の宿場へと急ぐ。

海津から敦賀まで七里半越と呼ばれる山越えの道があり、越前国疋田で塩津街道と合流し、北陸への街道となる。

海津も、塩津と同じく古代より京と北陸を結ぶ湖上交通の要害として、琵琶湖とともに繁栄した。

平安時代の終わり頃、越前の国司を勤めていた藤原仲実が詠んだ和歌がある。

あらち山
　雪げの空になりぬれば
かいつの里に
　みぞれふりつつ

あらちは七里半越の道筋の古代三関の一つに数えられた「愛発関」のことである。寿永二年（一一八三）四月、木曾義仲追討の平家も海津を通ってこの愛発関を越え敦賀へ向かったという。

竜子の一行は、海津の宿場では泊まらず、海津から街道を少し北上した宗正寺《そうしょうじ》を宿に決めていた。

元京極家の被官で、浅井家に仕えた海津長門守政元の室が宗正寺に入り、尼となっていた。尼は浅井長政の叔母である。

竜子を乗せた輿が到着すると、尼は寺の門前まで出て、跪いて竜子を迎えた。

尼は海津政元の妻として京極家の姫を迎えたのであろう。

「さあさあ、お疲れでしょう」

尼は丁寧に言葉をかけながら、竜子らを本堂に案内した。

「お竹さ、この十一面観音さまは、お座りしていらっしゃいますね」

竜子はお竹に話しかけた。

「ほんと、珍しいですね、坐像の十一面観音さまですね」

二人の会話に耳を傾けていた尼は、

「竜子姫は十一面観音さまをよくご存知なのですね」

と声をかけ、少しばかり驚いた様子で、あどけなく話しかける竜子を見た。

「この観音さまは、檜材の寄木造りで泰澄大師さまのお作と伺っております。昔この地に比丘尼御所があり、尼御所の願いで一宇を建立され、この観音さまを安置されたと聞いております。お隣の宝幢院《ほうどういん》さまは、天平二年（七三〇）に仏地院として泰澄大師さまが創建され、後に紀州根来寺の真遍上人が再建し、名を宝幢院と改められたといいます」

竜子の夫となる武田元明が、のちに秀吉に呼び出され、同寺で謀殺されるという事件が待っているのである。

宗正寺で一夜を過ごした竜子は、久しぶりにすがすがしい気分で朝を迎えた。

竜子の母は尼の姪でもある。身内に会えた嬉しさがあったのかもしれない。

尼が用意した朝食をとりながら、

「お竹さ、湖北には泰澄大師さまの彫られた仏像が多いようね。どうしてかしら」

泰澄という名は何度か耳にしていた。不思議に思っていた竜子は、お竹に尋ねた。

「どうしてでしょうね」

お竹にもよく分からない。

「泰澄大師さまは越前の足羽郡麻生津（現福井市）というところのお生まれです。湖北は越前と隣り合わせですから、敦賀より五里半越、七里半越を通って塩津や海津に仏像をお運びになったのかも知れません」

尼はそう説明した。

「そういえば、竜子姫がこれから嫁がれる若狭も仏法への信仰が篤く、美しいみ仏さまがたくさんいらっしゃいますよ」

と、付け加える。

尼は小谷の浅井家の消息をそれとなくお竹に聞いていたが、やがて竜子の出立の時刻となった。

「竜子姫の末永いお幸せをお祈りしています」

尼は竜子の手をしっかりと握りしめた。

「ありがとうございます」

竜子は礼を述べた。

まだあどけなさの残る竜子を見つめながら、尼は竜子の幸せを念じる一方で、これからの竜子の行く末を思い、離れがたい思いが胸に迫った。

尼に見送られて出発した竜子の乗った輿は、琵琶湖の岸沿いに西近江路を南に進んだ。右手には乗鞍岳、三国山の連なりが見える。

途中の知内川を渡り、竜子は輿の中から美しい湖面に見とれていた。はるか遠くに小谷山らしき山が霞んで見える。京極の両親が思い出された。京極家のために嫁ぐと強がりをいったものの、竜子は一抹の寂しさが胸にこみ上げた。

琵琶湖沿いに西近江路を進んだ一行は、やがて今津村（現今津町）に入った。ここから西に水坂峠を越えて若狭国に通ずる九里半越が分岐している。一行は、ひと先ず輿を降ろし休憩をとった。

「竜子姫、これで元京極家の領土とお別れですよ」

近江に別れを告げる気丈なお竹の声がややうわずっているのが、竜子にも察せられた。

「はい、わかったわ」

竜子はお竹の気持ちを慮り、郷愁を振り切るように、まだ見ぬ若狭国への思いに胸をふくらませ、けなげに気持ちを切り替えようとした。

だが迫り来る世情は、北陸の物資を若狭国から九里半越や五里半越、七里半越で今津港に運び、湖上を利用して京の都に運ぶ商人たちが頻繁に往来したこれらの街道を、やがて戦場への道へと変えようとしていた。

竜子を乗せた輿は、琵琶湖を背に今津村の石田川にやや沿って西へ、追分村へ九里半越の街道を進んだ。保坂村より水坂峠を越えて近江国と若狭国の国境にさしかかったところに、武田家の重臣粟屋光若が家臣を従え、若狭国の最端下大杉村（現遠敷郡上中町）まで、竜子の輿の受け取りに出向いていた。

「道中お疲れさまでした。粟屋が奥方さまをお迎えにまいりました」

竜子は初めて奥方と云われ驚いた。

横で、お竹が「しっかりしなさい」と、いわんばかりの目配せをした。

竜子は威儀をただし、軽く会釈をして、

「出迎えご苦労さまです」

と、鈴の音のような声で礼を述べた。

「では、今夜のお宿の熊川城へご案内いたします」

粟屋の先導で、竜子を乗せた輿は熊川城（上中町熊川）へと進んだ。

九里半越の街道は別名若狭街道とも云われる。昼間は商人たちで賑わうこの街道も背後の山に陽が沈み、あたりは早くも闇に包まれていた。

竜子は輿の簾をそっとあげて見ると、従者のもつ松明のあかりが道端の名残の雪を照らしている。小谷山を出発した時とは違い、冷たい風が竜子の頬をなでる。

熊川城主の沼田統兼は、武田家ではなく、足利将軍家の直臣の家柄である。同じ足利家に仕えている京極家の姫の出迎えとあって、門の前には数カ所に松明を赤々と燃やし、家臣らが今か今かと待ちわびている。

門前の見張りの侍が山手の方にほんのり浮かぶ松明の明かりに気づき、伝令に走った。

「殿、そろそろお見えです」

竜子の輿が門前に現れると、沼田はまるで自分の姫でも迎えるように喜び、小走りに門の外に出た。

「沼田でございます。お待ち申し上げておりました」

「お初にお目にかかります」

竜子は、父と同じ足利家に仕えている沼田に父にも似た親近感を覚え、朝から山や谷を越えてきた疲れも、いっぺんに吹き飛んだような気がした。

竜子は早速、書院に案内された。お竹は別室に通され、竜子はちょっぴり不安もあったが、先祖が北近江の守護であったという誇りが心の支えになり、物怖じすることはなかった。

「姫、さぞ長い道中お疲れだったことでしょう。どうぞ今夜はこの城でごゆっくりお休みください」

沼田はやさしく竜子をねぎらった。

竜子の前には高御膳に山菜料理や日本海でとれた魚などが運ばれた。竜子と沼田が料理に舌づつみをうちながら、しばらく話しているところへ、家臣の一人が沼田の側に寄り、密書らしきものをそっと手渡した。

沼田は、京極高吉からの密書をおもむろに開き、つらつらと読んでいたが、見る間に形相が変わっていく。最後まで読み終わって、ちょっとためらいを見せたが、意を決したように竜子の側近くに寄ってきた。

「只今の密書は、竜子姫のお父上からのものでした。お父上の知らせによりますと、六角義賢、義治の父子が三好の一族とともに、足利義秋殿の暗殺を企てているようです」

沼田は竜子に耳打ちした。

「まあ」

竜子の顔がこわばった。

沼田はさらに続けた。

「足利義秋殿は近々矢島より密かに若狭国に逃れ、この熊川城にお泊りになるとの知らせでございました」

「義秋さまがいずれ若狭国においでることは、父よりうすうす聞いておりましたが、こんなに早くなるとは思いもよりませんでした。驚きました」

「この城も少し傷みがあり、早急に改築しなければなりますまい」

足利義秋は、いずれ将軍となる。その宿泊所となれば熊川城が御所となる。沼田は、その光栄を喜ばないわけにはいかなかった。

竜子は竜子で、御所になるかもしれないこの熊川城に、今こうして縁あって滞在している喜びを感じないわけにはいかなかった。その一方で、武田家の奥方となる身にあり、もっとしっかりしなければ、という思いが胸に迫った。

やがて食事も終え、竜子は別室の寝室に案内された。すでにお竹が待っていた。

竜子は緊張していたのであろう。お竹と二人になって、やっとくつろぐことができた。

竜子はお竹を手招きし、側に引き寄せた。

「はい、何でございましょう」

竜子は、お竹に小声で耳打ちした。

「足利義秋さまがこの若狭国にお越しになるそうです」

「あしかが…」

さすがにお竹も驚いた表情を見せ、小さな声をあげた。竜子は人さし指をそっと口元に押え、あたりの気配を窺った。

「矢島から、琵琶湖を船で渡り、今津湊から九里半越しに、この熊川城にお越しになるそうです」

三、武田の城

竜子は若狭国で初めての朝を迎えた。

今日はいよいよ武田家の居城である後瀬山《のちせやま》城に入る。昨日までとは違い、出立の準備にも緊張感が漂った。

竜子も、今朝はお竹に髪を念入りにとかせた。

「お竹さ、武田の殿さまはどういう方でしょうね」

竜子は不安げである。

「さぞ、ご立派で頼もしいお殿さまですよ」

お竹は、竜子を元気づけながら竜子の長い黒髪を櫛でとかした。お竹は竜子の肩をポンとたたいて、

「はい、綺麗になりました」

今朝の竜子は一段と美しく見えた。

やがて出立の時刻がやってきた。竜子の乗った輿は一路、武田家の家臣の先導で、武田家

の居城に向かった。若狭街道筋の仮屋村、三宅村、市場村を通り過ぎ、天徳寺村（現上中町天徳寺）に差し掛かった。

天徳寺村の地名は天徳寺に由来するが、天徳寺は山号を宝篋山《ほうきょう》と号し、高野山真言宗の寺院である。養老二年（七一八）、泰澄大師が馬頭観音菩薩坐像を彫り、宝篋山の中腹に安置したことにはじまり、天徳元年（九五七）に本堂が建立されたという。

天徳寺村からさらに進み、金屋村（小浜市金屋）にある武田家の祈願所である高野山真言宗の正照院（後に萬徳寺）にしばらく立ち寄った。

門前に温厚な顔をした住職が威儀を正して竜子を出迎えた。

「お待ち申しておりました」

住職が深々と頭を下げた。

「お出迎えありがとうございます」

竜子は礼を述べ、住職の先導で正照院の本堂に進んだ。本堂で道中の無事に感謝し、ご本尊に手を合わせた。合掌の手を解きながら、竜子は側に控える住職に話しかけた。

「若狭国には古いお寺が多いそうですね」

「近江国も古刹寺院が多くございますが、若狭国にも多くございます。この寺も古く、応安年中（一三六八七五）に安芸国（広島県）の円明寺にいた覚応という僧が諸国を廻り、この地に以前からあった極楽寺に錫をとどめ、寺号を正照院と改めて、真言宗をこの若狭に広めたことにはじまります」

「この阿弥陀如来さまの坐像は、そうとう古い時代のものとお見受けしますが……」

お竹が尋ねると、

「作者はわかりませんが、藤原時代初期（九〇〇年代）に彫られたものと伝えられております。檜の一木彫で高さは半丈六（約一・四メートル）ございます。阿弥陀さまのお像は『禅定印』『転法印』『来迎印』の三系統がございますが、この阿弥陀さまは右手を上げ、左手を垂下しておられるお姿で、『来迎印』と申します」

竜子は、住職の説明を膝を乗り出して聞きいっていた。

金屋村には昔から鋳物師が多く住み、釣り鐘や灯籠などを製造していた。正照院の住職はそうした金屋村の生業などを竜子に説明した。竜子は興味深く耳を傾けていたが、正装に着替える時間がせまった。

別室に入ると、お竹が「角四目結び」の京極の家紋を染めた衣装を運びながら、

「どうぞお召しを」

と、促した。

お竹に従って、竜子はやや緊張しながら新しい衣装の袖に手を通した。

衣装を身につけた竜子は一段と気品に輝いた。

寺の住職に見送られて門前に出ると、いつのまにか竜子の輿入れの話を聞きつけた大勢の領民が出迎えていた。竜子は一瞬驚いたが、驚きはすぐに面はゆい嬉しさに変わった。

正装の竜子を乗せた輿は、領民に見送られながら、再び後瀬《のちせ》山の武田の居城を目指した。名田庄村から蛇行しながら下流の川を集め、日本海へと注ぐ名田庄川（南川）を渡ると丹後路に出る。目の前に後瀬山が見えてきた。

丹後路は、越前国の敦賀を起点に、東西に長い若狭国を横断して、丹後国宮津（京都府宮津市）に至る。

謡曲「氷室」に、

「抑《そもそ》もこれは亀山の院に仕へ奉る臣下なり。われ宿願の仔細あるに依り、丹後の国九世の戸に参籠申して候。下向道になり候へば、若狭路にかかり、津田の入江・青葉・後瀬の山々をも一見し、それより都へ上らばや、と存じ候。花の名の白玉椿八千代経て、緑にかへる空なれや。春の後瀬の山続く、青葉の木陰分け過ぎて、雲路の末の程まなく、都に近き丹波路や――」

と、謡う場面がある。

亀山天皇（一二四九―一三〇五）は、北条時宗の執権時代、蒙古襲来の際に石清水八幡宮に行幸し、敵国降伏を祈願したと伝えられる。その頃にも、春には後瀬山に白玉椿が咲きほこるのが見えた様子が伺える。

『後拾遺集』にも「君が代は白玉椿八千代とも何にかぞえむ限りなければ」とある。

白玉は真珠または愛人に例えられ、椿は不老長寿の象徴とされている。北陸は、椿王国といわれ、正月の茶花に必ず椿を用いる風習があるくらい椿を珍重する。

人魚の肉など変わったものを食べて、八百歳まで生きたという八百比丘尼の伝説が北陸にある。八百比丘尼は白椿の花を携えて北陸を遍歴したという。この伝説から椿を珍重する風習が生まれたのだという。

正照院の住職から八百比丘尼が若狭で生まれ、終焉の地が後瀬山の麓（現空印寺）だと聞かされた。その後瀬山の麓にさしかかると八百比丘尼が入定したと伝えられる洞窟が見えた。

山頂には武田家の城郭があり、急な斜面を登りつめるとほどなく本丸の威容が見える。

竜子は、お竹に手を添えられて、出迎えに立ち並ぶ重臣たちに軽く会釈をし、本丸内に一歩足を踏み入れた。

長い廊下を渡り、大広間に通されると、そこに若狭国の守護武田義統、元明父子が上座に鎮座していた。

「京極の姫か。長い道中大儀であった」

義統が言葉をかけた。

「京極竜子でございます」

竜子はやや緊張気味に義統のねぎらいの言葉に応えた。敷居の外に控えるお竹も武田の家臣によって紹介された。

挨拶もそこそこに早速、祝言が行なわれ、婚儀はきびきびと運ばれた。

つづいて七五三の料理が運ばれ祝宴となった。元明と竜子が早速、言葉を交わしている。お竹はあわただしい祝言に驚いたが、この武田の城で竜子が物怖じもせず元明と言葉を交わす姿を見て、安堵しながらも竜子が高根の花になったような一抹の寂しさを憶えた。

「若狭国は海あり山ありのすばらしいところだ。いずれ案内しよう」

元明は竜子にやさしい心遣いをかけた。

「若狭国について、竜子にいろいろとお教えいただきとうございます」

竜子は、元明のさわやかな面立ちに好感を覚え、はにかむように話しかける。元明も、竜子の甘えるような声が可愛くもあり、白玉椿のような清楚な姿に、すぐに好感をもつことができた。

「この城のある小浜は、若狭国の中心で、白鳳以前から開けた土地だ。渤海国（朝鮮半島北部の領土）の文化が若狭浦に着岸し、大和（奈良）へ運ばれた最も近い通り道であった。だから古い寺院も多い」

「若狭国が大和と関係があるとは存じませんでした。若狭は近江より歴史の古い国なのですね」

竜子は目を輝かせながら、元明の話に耳を傾ける。

「若狭には神宮寺という古い寺がある…」

元明は、和銅七年（七一四）に泰澄大師の弟子滑元によって創建され、翌年、元明天皇の勅願所とされた神宮寺について語り始めた。

「この地方の国造りをした祖先が若狭彦命で、はじめは若狭彦、姫の二神を祀り神願寺と称していた。宝治二年（一二四八）に神願寺が若狭彦神社を造営し、別当寺となって神宮寺と改称したと聞いておる」

元明は神宮寺の由来をきめ細かく話して聞かせた。

「下根来村の白石の鵜瀬《うのせ》と称する淵で、毎年二月二日（現三月二日）に神宮寺の住僧によって大和の東大寺の二月堂へ送り水の神事が行なわれている。これは鵜瀬淵が二月堂にある若狭井の水に通ずるという伝えに基づくものだ」

元明はお水送りの由来なども竜子に教えた。やがて宴もおわり、二人だけの夜が訪れた。

一夜明けて、武田元明の奥方になった竜子は恥じらいながら元明に寄り添い、城内を散策した。

「到着早々、祝言を挙げて驚いただろう。竜子も存知ておろう。叔父の足利義秋殿が、まもなくこの武田を頼ってお見えになるためだ。とにかく輿入れ早々、忙しくなるぞ。細川藤孝殿が叔父上をお連れになり、まず熊川城にお泊りいただくことになる」

「そのことは熊川城で沼田統兼さまより内々にお聞きいたしておりました」

「そうか。統兼殿の父上の光兼殿は五、六年前に他界されている。兄の光長殿はあの憎き松永久秀の急襲により、将軍義輝殿とともに戦死なされた。沼田は武田の家臣ではなく、足利将軍家の幕臣なのだ」

「沼田家としても、一日も早く足利家再興を願っておられることでしょうね」

「そうとも。統兼殿の妹は細川藤孝殿の奥方麝香殿だ」

「それで麝香さまのご実家にご案内されるのですね」

「二人の間に男のお子（後の忠興）がお生まれになったとうかがっておる」

「さようでございますか」

「わが祖父武田信豊の弟の信高殿は宮川武田家といわれておる。その内室が藤孝殿の姉宮川尼なのだ」

竜子は、細川家や沼田家とのつながりを聞いているうちに、武田家が足利家再興の力になれるもの、と思った。時期到来かと喜んだ。ところが、喜んだのもつかの間、元明から意外な話を聞かされた。

「ここだけの話だが、父上はこのところ病がちなのだ。叔父上にお供しての上洛は無理なように思われる」

元明の話を聞いて、竜子は少しばかりがっかりした。

「お父上は矢島へいらして、京極の父ともお会いになっておられました。お元気でいらしたのに……」

「矢島から帰ってから、具合が悪くなったのだ。かといってこの元明では叔父上は頼りないだろうし、実のところ困っているのだ」

「でも、昨日はお元気そうにお見受け致しました」

「それは家臣の手前、元気に見せているだけなのだ。父上とも意見の食い違いもあり、たまに仲たがいすることもある」

元明は、声を落として話を続けた。

「以前に家臣との争いがあった折に、越前国の守護朝倉義景殿に救援を依頼した。なんとか収まったこともあって、朝倉家に相談してはどうかと思っているのだが……」

「殿がしっかりあそばせば、大丈夫でございますよ」

竜子は、元明を励ましたものの、小谷山からはるばる琵琶湖を挟んだ若狭国に嫁いだ甲斐がないと、落胆の思いが胸に込み上げ、思わず父の面影が瞼をよぎった。

父義統の急な病で、不安になった元明の気持ちを察し、竜子も少し気分が沈んだ。

気分を転じるように、二人は津田の入江に目をやった。

「琵琶湖も大きいですが、海は広いですね」

「そうか、竜子は湖しか知らないからな。海はいい。ほらあそこに船が見えるであろう。今日は天気が穏やかで波も静かだから漁に出ていくのだ。天候の悪い日は波が高くて漁に出られず、漁師も大変なのだ」

竜子は、領民を思いやる元明のやさしい人柄が嬉しかった。

竜子が武田の城に嫁いで数ヵ月が過ぎた。

城から見渡す海は暑い夏の日差しを受け、ぎらぎらと光っている。竜子は部屋に居るより、風が心地よい外の木陰を好んで、よく庭に出た。

そんなある日、お竹と二人で木陰にたたずみ、入江を眺めながら、竜子は語りかけた。

「お竹さ、残念ながら武田家から足利家の再興に出るのは無理かもしれないわ」

「私もお屋形さまをお見受けした瞬間、どことなくお弱そうにお見受けいたしました」

「さすが、お竹さだね」

竜子は、元明から聞かされた話をお竹に聞かせた。

「殿はおやさしく、竜子になんでもお話ししてくださいます」

「でも、やさしいだけで天下はとれませんからね」

竜子の話を聞いて残念な思いがしたのであろう。お竹の言葉に少し棘があった。

「もしや、武田家は朝倉の庇護を考えているのではないでしょうね」

お竹は不安を漏らした。

竜子は、お竹の不安を感じ取り、気分が滅入った。

しかし、時は動いた。

永禄九年（一五六六）八月二十九日の夜遅く、足利義秋は細川藤孝ら数人の家臣とともに武田義統を頼って若狭国入りをした。

一行は熊川城で一夜を過ごし、翌日、武田の城に向かった。

武田の城では義統、元明父子は喜んで良いのか複雑な思いで一行の到着を待った。

到着の時刻が近づいて、二人は家臣らとともに大手門の門前で威儀を正した。

まもなく義秋を乗せた輿が元明らの目に入った。二人の前に止まった輿から、見るからに顔に疲労の影を落とす義秋が降り立った。

「叔父上、無事のご到着、執着至極に存じます」

「元明、大義であった」

城の周りは充分に警護をしているものの、何処に刺客がいるか知れず、義秋を素早く城内に迎え入れ、ただちに大広間の上座に案内した。

広間では重臣たちが平伏して出迎え、竜子も列座した。義統が改めて歓迎の意を表した。

「ようこそ若狭国へ。お待ち申し上げておりました」

足利義秋は、武田の城に、ここに今は亡き姉が住まいしていたのか、と親しみを感じ、久しぶりに心休まる思いがした。

歓迎の宴で、武田義統は竜子を義秋に紹介した。

「京極の姫か」

義秋が声をかけた。

「竜子でございます。ようこそ武田の城にお越しいただき、ありがとうございます」

「京極高吉からそなたのことをよく聞いておった。美しい姫だの」

義秋の言葉に、竜子は頬を染めた。

「矢島では、京極殿に色々と世話になった」

初めて目通りした義秋に、竜子は返す言葉が見つからない。

「めっそうもございません」

そう答えるしかなかった。しかし、竜子は父の名を耳にして嬉しかった。

宴のあと、義秋を囲んで義統、元明父子、藤孝らが今後の相談に入った。

「義兄殿、矢島で会った時とは違って、少し元気がないのではないか」

義秋は、義統の様子が気にかかった。

「父上は最近、病気をめされてお元気がないのです」

元明が口を挟んだ。

「そういうことはない。そう見えるだけだ」

義統は元明を睨みつけた。

義秋は、二人のやりとりを見ていたが、しばらくして話を切り出した。

「早速だが、上洛はいつ頃にしようか」

「そのことは、日を改めてお考えいただいてはどうでしょうか。お疲れと存じますゆえ、本日はごゆるりとお休みいただきとうございます」

義統は、義秋の上洛をあせる気持ちが分かったが、今日のうちに話を詰める気にはなれなかった。

脇にいた藤孝は、武田親子のやりとりを聞いて、武田に頼るのは無理だと直感した。

数日後、義秋と藤孝は相談の上、武田をあきらめ、越前の朝倉義景に頼ることを決めた。朝倉義景に密使が送られた。反応は早かった。越前一乗谷より若狭国と縁のある明智光秀が義景の密命をうけて、すぐにやってきた。

元明に案内され、足利義秋、細川藤孝、武田義統らが居並ぶ前に通された光秀は、重々しく平伏して、

「明智光秀と申します。越前国守護朝倉義景殿の密命を受け御前に罷り出でました」

「明智光秀とやら、ごくろうであった。朝倉殿の返事はどうであった」

義秋が早速、切り出した。

「朝倉義景殿の申しますには、若狭国より越前国の方が安全でございます、とのことでございます」

光秀は額に玉の汗を浮かべながら、答えた。

「光秀、朝倉殿に越前に参ると伝えてくれ」

「はあ、かしこまりました」

明智光秀は、一乗谷に帰り、足利義秋が朝倉義景を頼りにしていると報告した。義秋は九月一日に若狭国から越前国に移動することを決めた。

当日になって、朝倉義景の重臣朝倉景鏡が、武田の城まで迎えに出た。

「まずは、敦賀城まで朝倉景鏡がご先導仕ります」

景鏡は、いずれ将軍となる義秋の案内とあって緊張しながら先導を申し出た。

武田家一族も義秋一行を後瀬山麓の守護館まで見送った。

「義兄上、世話になった。いずれ京で逢おう。それまでに元気になってくれ」

義秋は、武田義統の体調をきづかった。

「ありがとうございます。道中のご無事をご祈念いたしております」

義統らが蹲踞して見送る中、足利義秋は、朝倉が上洛の手助けをしてくれるものと望みを託し、輿に乗り込んだ。

輿は丹後路を一路、敦賀城へと向かった。竜子も義秋一行の姿が見えなくなるまで頭を下げて一行を見送った。

一行を見送りながら、竜子は父高吉と将来の夢をかけて交わした約束が、僅か数ヶ月で崩れたような思いがして、一抹のむなしさを覚えた。

足利義秋一行を送り出した城内は水がひいたように静まりかえった。

翌日、義秋一行が昨夜遅く、無事に敦賀城に到着されたとの知らせを受け、武田親子らは胸をなでおろした。

竜子は、久しぶりに元明とゆっくりと会話が出来る余裕もできた。

「明智光秀さまが先日、越前から、お越しになりましたが、どことなくすがしいお方でしたね」

笑みを浮べながら、元明に声をかけた。

「光秀殿は、もともと美濃国（岐阜県）の明智城にいたが、幼い頃、この小浜生まれの母お牧の方と共に時宗の西福寺（小浜市青井）に一時身を寄せたことがあったのだ。弘治二年（一五五六）の秋、斎藤義龍に攻撃されたとき、奥方の煕子どのと一緒に越前に逃れ、苦労されたと伺っている」

「どうして、朝倉家に仕官なされたのでしょうね」

「竜子はなかなか探究心があるな。話すと長くなるが、先ほど、光秀殿が西福寺にいたことを話しただろう」

「はい」

「西福寺が越前の称念寺（福井県坂井郡丸岡町長崎）の末寺であった関係で、住職薗阿上人を頼って称念寺の門前で寺子屋を開いていたが、上人の推挙によって光秀殿は一乗谷に赴き、朝倉義景殿に仕官されたと聞いている。奥方は寺子屋で女の子（玉子　後のガラシャ）を出産されたらしい」

元明と光秀との出会いが、後に元明との別れとなることを、竜子は知る由もない。

四、一乗谷

竜子は武田家に嫁いではじめての冬を迎えた。

昨夜来、降り続いていた雪も今朝は晴れ上がり、後瀬山はまばゆい雪化粧に包まれた。

竜子とお竹は戸を開け、庭に目をやった。椿の枝が雪の重みで垂れ下がり、垣間見える椿の葉の鮮やかな青色が雪の白さに輝いている。

「お竹さ、若狭の冬は近江より寒く感じない」

「さようでございますね。やはり海から吹きつける風のせいでしょうか。風の強い日は海鳴りが聞こえますもの」

「そうね」

「足利義秋さまは、朝倉義景さまのお城に、今頃はお入り遊ばしましたでしょうね」

お竹は、足利義秋の動向が気になるようだ。

「まだ敦賀においで遊ばしますよ。雪解けを待ってお移りになられるようです」

つい先日、あわただしく新春を迎えたかと思うと、小浜は、はや神宮寺のお水送りを行なう修二会《しゅうにえ》の季節を迎えた。

神宮寺の修二会にはお竹が竜子の名代として参列した。

神宮寺のお水送りは、奈良東大寺の二月堂のお水取り行事に先駆けて、遠敷川沿いに神宮寺から約半里ほど上流の鵜の瀬から水を送る行事である。東大寺の大仏が建立され、落慶入仏開眼供養が営まれた天平勝宝四年（七五二）以来、執り行なわれている行事である。二月に法を修すことから「修二会」と名付けられた。

お竹の帰りを心待ちにしていた竜子は、お竹が帰るなり、行事の様子を尋ねた。

「なかなか神秘的でした。行事はまず神宮寺の若狭井からお水を汲み取ることからはじまりました。驚いたことに、東大寺を開かれた良弁《ろうべん》和尚はこの若狭のご出身だそうです」

お竹は、神宮寺で聞いた話を竜子に言い聞かせた。

「神宮寺がまだ神願寺といわれた頃に立ち寄り、修行されていた実忠《じっちゅう》さまという和尚さまが、良弁さまのお弟子になり、大仏さまの建立に尽力されて東大寺二代目をお継ぎになったということです」

大仏建立に際し、若狭で修行していたインド渡来僧実忠が招かれた。実忠は東大寺の二月堂を建立し、全国の神々を勧請して法会を催したが、神宮寺に祀る遠敷明神が法会に遅れたことから、そのお詫びに若狭から香水を送ると約束し、二月堂の下の岩から香水が湧き出し、湧水は「若狭井」と名付けられたという。

「それで、お水取りの行事が奈良と同時に行なわれるのね」

「足利義秋さまが将軍さまにお就きになれば、奈良の大仏さまに参拝いたしましょう」

竜子の目は若い希望に輝いていた。

「その日が早く実現するとよろしいですね」

若狭に春を呼ぶ神宮寺の修二会も終わり、後瀬山にも桜の花が咲き始めた。

おだやかな春の日差しが差し込む書院で、元明と竜子が読書をしていると、お竹が廊下を小走りに走ってきた。

「大変でございます。御屋形さまが……」

「お義父上が、どうなされたのですか」

「先ほど、お倒れになられました」

「えっ」

驚いた元明と竜子は、義統の住まいの守護館へと急いだ。

「父上」

「お義父上」

二人は義統の枕辺で父の名を呼んだが、答えはなかった。

義統の目から涙がぽろりと落ちたかと思うと、あっけなくそのまま帰らぬ人となった。永禄十年（一五六七）四月八日のことであった。義統は戒名を聖寂宗清桂林寺院と号され、葬儀は慎ましく営まれた。

元明は十六歳で若狭国守となり、元明夫妻らは守護館に居住することになった。元明は御屋形さま、竜子は十二歳で御方さまと称されるようになった。

不意に襲った慌ただしさも一段落したある日、元明はふと竜子に漏らした。

「あの父上が最後に流した一粒の涙は何だったのだろう」

「やはり、お義父上の力で足利家の再興が叶わなかった無念の涙ではないでしょうか」

「そうだな。まだ黄泉の国へ行きたくなかったのだろう」

「そうかも知れません。義秋さまの将軍姿を御覧になりたかったのでしょう」

数日後、元明の元に敦賀の義秋からお悔やみの書状が届いた。書状には、越前国本庄の城主堀江景忠が謀叛を起こし、加賀の一向衆と共に一乗谷を攻めるという不穏な動きのあることも記されていた。

加賀の一向衆はこれまでたびたび越前へ乱入し、守護を滅ぼすほどの勢力であった。

もともと加賀一向衆は、京都東山大谷第七世存如上人の長男・蓮如上人が、大谷本願寺の破却など度重なる比叡山延暦寺の弾圧から逃れ、近江の金森、堅田、大津を転々とし、越前吉崎に赴き、文明三年（一四七一）七月に、吉崎に坊舎を建立したことにはじまる。

蓮如上人は親鸞聖人の法統再興に努め、「同じ信仰に生きるものは四海のうち皆兄弟」と農民らと膝を交えて説き続け、北陸に門徒を増やした。

長享二年（一四八八）、加賀一向衆の門徒らは、守護富樫政親の兵粮米の賦課に抗し、僧侶らは法衣を鎧・兜に、門徒は鍬を刀に替えて富樫政親と戦い、これを滅ぼした。門徒らは加賀の山崎山（現金沢城公園）に本願寺の末寺・本源寺を建立し、本源寺を御山或いは尾山御坊と呼んだ。富樫政親の滅亡で、加賀国は守護不在の国となり、一向衆が加賀国を治めるようになっていた。


元明らが父義統を失った永禄十年十月、奈良では松永久秀が三好三人衆を東大寺に攻め、大仏殿が炎上するという騒動が起こった。

越前では、三月に本庄の堀江景忠が加賀の一向衆と一乗谷へ攻め入るという不穏な動きがあったものの、朝倉義景は景忠を能登に追いやり、越前は漸く騒動が収まっていた。

義景を頼って若狭から敦賀に移った足利義秋は一年の間、敦賀に足止めさせられていたが、同年十月二十一日、朝倉の居城・一乗谷城に向け、敦賀を出発することになった。

その護衛には竜子の父高吉も一乗谷まで馳せ参じた。

義秋の一行は、越前府中（武生市）の龍門寺で暫く休憩をとり、その日のうちに朝倉の本城一乗谷の安養寺に到着した。

朝倉家は、以前は越前国の守護斯波武衛家の被官であったが、斯波家の家督争いで越前国中が騒乱になったすきに、朝倉孝景（敏景）が斯波家を滅ぼし、文明三年（一四七一）に越前国の守護となり、黒丸館より一乗谷に城館を築いたのがはじまりだという。

十二月二十五日、義景は屋形で義秋を歓迎して祝宴遊宴を終夜にわたって催した。翌年の三月八日に義景の母の屋形でも終夜の遊宴を行ない、同月二十二日には南陽寺庭園の糸桜を愛でる会も催された。

　諸共に月も忘るな糸桜
　　年の緒長き契と思は、
　　　　　　　　　（義秋）
　君か代の時に相逢糸桜
　　最も賢きけふの言の葉
　　　　　　　　　（義景）

二人は歌を詠じ、つかの間の春を楽しんだ。

四月上旬、京より密かに一乗谷に参じた二条関白晴良の立ち会いのもとで、義秋は義昭と改名した。これを朝廷に告げ、将軍後継者としての意志を表明した。

一乗谷では、義昭を将軍の御成の扱いで、改めて正式な祝宴が営まれた。たび重なる祝宴ごとに、義景父子は義昭に数々の品を献上していたことが『朝倉家禄』に記録されている。

義景より、
太刀（助吉、経宗、一文字）
長光、真守、光忠、秀次、貞綱）
腰物（信国）
馬（鴾色　河原毛）
小袖　十重
引合（ひきあわせ　紙の一種）十帖
絵一対（皇帝の筆　山水人形）　絵一幅（舜挙筆）

金銀百両
香合（推紅松人形）
腹巻一領　三物
などが贈られたほか、
阿君丸より、
太刀（助定、康光）
馬（鴾色　黒）
などの品々が贈られたという。

永禄十一年六月二十五日、朝倉義景の嫡男阿若丸が僅か七歳で頓死するという事件が起きた。京から密かに毒薬が持ち込まれているという噂があり、阿若丸の死は毒薬のせいではないかと疑われた。義景の嘆きは尋常ではなく、ただ茫然と日々を過ごした。

上洛の日を待ちわびている義昭は、朝倉家で歓待を受けていたものの、義景がこの有様では頼りにならず、一向に上洛の日が決まらない、と焦った。

義昭は明智光秀に漏らした。

「明智殿、朝倉を頼っても無理だ。越後の上杉謙信、甲斐の武田信玄にも親書を出しているが返書が来ず、困ったものだ」

光秀はこの時とばかりに、

「さすれば、尾張の織田信長殿をお頼りなされては」

と、進言した。

「あのうつけものか」

義昭は、信長では頼りないと思ったのであろうか、困惑の表情を浮かべた。

「織田殿は美濃の斎藤龍興を滅ぼし、稲葉城を岐阜と改め、着々と上洛の足固めをしているそうでございます」

光秀は重ねて進言した。明智家の再興を願う光秀も、朝倉に失望し、この際信長への仕官が叶わないかと考えていた。

「上杉謙信、武田信玄殿を頼られても、越後、甲斐から京は遠うございます」

「そうだな。では明智殿、隠密に尾張へ行ってもらえまいか」

美濃に詳しい光秀は早速、信長の居城岐阜城へと急いだ。

岐阜城で光秀と対面した信長は、この時を待っていたかのように義昭の要請を快諾した。

光秀は一乗谷にとって返し、義昭に信長の返事を伝えた。

「織田殿より承諾を得、一日も早く美濃に参られるようにとの、ことでございました」

「ご苦労であった。善は急げだ。明日にも出立しよう」

義昭は今にも出立しかねない勢いである。驚いた義景は義昭の翻意を促したが、義昭は聞き入れなかった。

同年七月十六日、一乗谷の山間から朝日が昇る頃、義昭は明智光秀、細川藤孝らとともに出立した。

「越前の国境までお送り申しあげ奉ります」

義景は、そう申し出たが、義昭は「その儀に及ばず」と申し出を拒絶した。

拒絶されたものの、警護をしないわけにはゆかない。義景は四千余騎の軍勢を固め、近江と越前の国境まで義昭を護衛させた。近江では、浅井長政が二千余騎の軍勢をもって余呉湖まで出迎えた。

義昭一行は、長政の警護を背景に一気呵成に美濃国に進み、二日後の十八日には信長が指定した立政寺（岐阜市西荘）に到着した。

義昭はただちに信長との会談に臨んだ。義昭は自信に溢れる信長に頼めば、九月頃にも上洛出来そうな感触を得た。

足利義昭が美濃入りした翌月の永禄十一年八月、武田家に足利義昭の動向を家臣の粟屋が知らせに来た。

「足利義昭殿は明智光秀殿のお働きで、一乗谷より尾張の織田信長殿を頼られたそうでございます」

「そうか、織田殿の元に光秀殿が引き合わせたのか」

元明は、粟屋が座を外すのを見計らって、竜子に呟いた。

「義景殿ではなく、光秀殿が叔父上の力になるとは。光秀殿はやはり武田の血を引いているのかな」

「それは、どういうことなのですか」

竜子は、不思議そうに元明に尋ねた。

「光秀殿の母お牧の方は、実は父上の妹だと、幼い時に聞かされたことがあった」

「それでは御屋形さまと従弟の間柄ではありませんか」

「光秀殿は足利家再興に力を貸すことが出来た。長い間苦労された甲斐があったというものだ。これで明智家も再興が叶うだろう。人づての話だが、光秀殿が義景殿に仕えることができたのは、光秀殿が鉄砲使いの力量があり、義景殿の前で試したところ、十発中八発が的の中心に当たったというのだ。義景殿は光秀殿に鉄砲方百人の組頭、知行五百石を与え、召抱えたと云っておられた。今度は織田殿が義昭殿を引き合わせた手柄により召抱えられるに違いない」

「よろしゅうございました。ならば、京極家の再興も夢ではないですね」

「勿論だ。ところで光秀殿が越前の称念寺の門前で寺小屋をしていたと、以前に話したことがあったな」

「はい、お聞き致しております」

「光秀殿は武術だけではなく文人でもあり、連歌の道に長じておられる。光秀殿がある時、連歌の会を催されたが、生活が苦しかったとみえ、奥方の熙子殿は自分の黒髪を売って酒肴を用意し、客をもてなしたと聞いておる」

「熙子さまは、女性の鏡のような方なのね」

竜子は感涙を目に滲ませた。この時、竜子はすでに元明の子を胎内に宿していた。武田家のために熙子殿のような奥方になろうと決意を胸に秘めた。

二人の話は弾んでいたが、急に城内が騒々しくなり、会話がとぎれてしまった。

武装した家臣の熊谷平左衛門が慌ただしく駈けつけてきた。

「御屋形さまあーっ」

朝倉義景が突然、若狭に攻め入ったとの知らせであった。足利義昭が織田信長の元に去ったあと、若狭国を織田信長に占領されてはまずいと思い、義景は先手を打って若狭国を支配下に置こうと侵入したらしい。

熊谷の知らせは、すでに時遅く、朝倉軍は後瀬山まで攻め入っていた。元明は朝倉の奇襲に迎え撃つすべもなく、降伏するしかなかった。

朝倉義景に降伏した元明は突然、一乗谷に人質として連行されることになり、若狭国は武田家の家臣だけの国となった。

元明は朝倉軍に促され、愛馬にまたがり、城を出た。

「竜子、留守を頼むぞ」

元明は、竜子にそう言うなり馬に鞭うった。

「御屋形さま、御屋形さま」

身重の竜子は、涙を流しながら元明のうしろ姿を見送った。元明の姿が見えなくなって、不意にその場によろよろと泣きくずれた。

「御方さま、御方さま、竜子姫」

お竹も泣きながら、幼い頃から慣れ親しんだ竜子姫の名を呼び、竜子を抱きかかえた。

「竜子姫がまさか御屋形さまと引き裂かれるとは。奈落に突き落とされる思いです」

お竹は、竜子姫があまりにも不憫に思われた。

ひと雨ごとに秋の気配が濃くなる。竜子はますます悲しみが募るばかりであった。

突然夫と引き離され、まだ幼い身重の新妻の悲しみは簡単に癒えるものではなかった。なんとかして竜子に生きる勇気を与えねばならない。

お竹は、竜子のうち沈んだ姿を見るに見かねて、

「とにかく、お元気なお子様を、ご無事にご出産され、立派にお育てすることを、お考えなさいまし」

と、言葉の限りを尽くして竜子を励ました。

竜子は、お竹の言葉に少しずつ励まされ、癒やされた。

「そうね、この子のためにもしっかりしなければ」

お腹をさすり見ながら、自らを励ました。

竜子は、お竹の励ましで少しは元気を取り戻したようであるが、やはり元明の消息が気にかかる。

「お竹さ、京極家のご先祖が浅井家の小谷城に拉致され、御屋形さまも朝倉家に拉致されるとは皮肉なものですね。御屋形さまも一乗谷に館を造られ住まわれるのでしょうか」

「そうかもしれませんね、御屋形さまは今頃、どうしていらっしゃるでしょうか」

竜子の不安は募るばかりであった。

一方、義景に拉致された元明は、敦賀から木の芽峠、湯尾峠を越えて、朝倉街道に入った。

うっそうと一直線にそそり立つ杉木立の間をさかのぼり、さらに牧谷峠を越え、味真野に入った。味真野では義景の長男阿若丸の生母小宰相の父・鞍谷嗣知の館で休憩をとった。そこからカカル山を左に見て赤坂村、戸の口坂越えをして、東大味の明智光秀の館跡にさしかかった。さらに東へ、一乗谷の大手道、鹿俣《かなまた》へと進んだ。鹿俣越えとも呼ばれる初坂を越え、一乗谷の大手道に出ると、道は石畳となっている。元明は、つづら折りの街道を幾重にも折れ曲がり、一乗谷に連行された。

一乗谷の城下は、一乗山を源流とし、足羽川に合流する一乗川に沿って一乗滝（浄教寺町）より北に南北に帯状に広がっている。両側に山が連なり、南の上城戸《かみきど》、北の下城戸、その間を城戸内《きどのうち》と称していた。上城戸の少し手前で左に折れ、宇寺谷の山裾にある天台真盛宗の盛源寺（現遺跡）で元明は馬から降ろされた。ここが元明にあてがわれた住まいとなる。

住職が出迎えた。戦場で戦ったことのない元明にとっては強行軍であった。どっと疲れが出た。義景の母は武田元信の娘であり、元明は足利義昭の甥にあたる。元明をぞんざいに扱わないよう、住職は義景に聞かされていた。

数日が過ぎると、少しは疲れもとれ、気分もようやく落ち着きを取り戻した。それを見計らったように、住職が寺院内の案内を申し出た。

「この寺はなかなか良い寺だな。何時頃の開山かな」

「大津の西教寺に入寺なさいました真盛上人さまが明応年中（一四九二―一五〇一）に開基なさいました」

元明は、住職の説明が終わると、本尊の阿弥陀如来に静かに手を合わせた。竜子の無事出産を祈らずにはおられなかった。

住職は、足利義昭が仮御所としていた安養寺にも案内してくれた。安養寺は浄土宗に属する寺で、文明五年（一四七三）に朝倉孝景によって建立された寺だという。

「ここに叔父上が暫く滞在されたのか」

元明は、心の中で義昭と自らの境遇を重ね合わせ、ため息混じりに呟いた。

安養寺の向かいに噂に聞いていた中条流兵法の冨田勢源の道場がある。大勢の武士が腕を磨いていると見え、外まで大声が聞えてくる。上城戸から城戸内には入ることは許されず、そこから盛源寺に引き返した。

その頃、織田信長は足利義昭を奉じて京都に入った。竜子の父京極高吉も近江の柏原から供奉した。

義昭は、永禄十一年十月十八日、信長の協力により、晴れて足利十五代将軍に任ぜられ、日蓮宗本國寺（当時）を仮御所と定めた。信長の入洛で十四代将軍義栄を奉じた三好三人衆らは京より阿波国に逃れた。

翌十二年の年明け早々、三好三人衆らは巻き返しを図り、本國寺に攻め入ったものの、京極高吉、明智光秀、和田惟政、浅井長政らが応戦し、岐阜城に帰っていた信長も急ぎ駆けつけ、三好三人衆を鎮圧した。

信長は義昭のために御所の造営にかかり、四月、義昭は本國寺から二条御所に移った。

人質同然の元明は、寺の住職からそれらの情報を伝え聞き、安堵する一方で、竜子の待つ後瀬山の館への郷愁が募った。竜子の念願を叶えるために一日も早く、叔父義昭将軍の御所に馳せ参じたい思いが募った。

五、風波

暦は永禄十二年（一五六九）、元明が朝倉に連れ去られて城主不在の城にも、椿の蕾がふくらみはじめた。

竜子は夫と何時会えるとも知れず、不安な日々を過ごしていたが、久しぶりに笑みを浮かべて、お竹に語りかけた。

「お竹さ、お腹の子がピクッと動き、足で蹴っている」

「さぞ、お元気な赤ちゃんでしょう」

「そうね」

竜子は自分の体に生命が宿っている喜びをしみじみと噛み締めながら、日々を過ごした。

数日後、部屋で読書をしていた竜子に突然、痛みが走り、前に突き出たお腹を抱えこんだまま叫んだ。

「痛いっ、痛いっ」

「お方さま、どうなされました」

お竹も慌てた。竜子の出産の予定は来月だというのに、どうしていいかわからない。

「早く侍医を」

お竹は、侍女に叫んだ。

陣痛の間隔が次第に早くなった。侍医が駆けつけ、月足らずではあったが、無事男子を出産した。竜子は出産後、床でしばらくまどろんでいたが、目を開けた竜子にお竹は、

「お方さま、おめでとうございます」

と、やさしく語りかけ、出産の無事を伝えた。

「ありがとう。御屋形さまにお知らせできないのが残念ね」

竜子は、すぐにでも元明に子と対面させたかったが、元明は囚われの身。喜びを分かち合えない運命に心が曇った。男子は勝俊（後長嘯子）と命名した。

年が明けて四月。元号は元亀と改元された。勝俊は竜子とお竹の限りない愛に包まれ、すくすくと育った。

同月二十五日、若狭街道筋に馬の蹄の音がしきりなしに聞えてきたか、と思う間もなく、武田の旧臣が竜子の部屋に駆けつけてきた。

「お方さま、織田信長殿の軍団が武田の領土に侵入してきました」

「どういうことなの」

竜子は、不安に脅えながら、勝俊を抱きかかえた。

「織田殿は朝倉義景の本城に攻め入る、とのことです。わが武田軍は御屋形さまをお救いいたすためにこの時と、織田殿にお味方をいたし、敦賀までの道案内をいたしております。栗屋殿より、きっと御屋形さまを一乗谷よりお連れできるよう頑張りますゆえ、ご安心くださいませとの伝言です」

信長の軍団三万の大軍は、その日のうちに、敦賀の手筒山の城を攻略、翌日朝倉の拠点としている金ヶ崎城をも攻略した。

金ヶ崎城を制するものは、越前を制するといわれている。

信長は一挙に朝倉の本拠地一乗谷を攻めようとしていたところ、信長の元に思いもよらぬ通報が届いた。

朝倉義景は、浅井長政に柳ヶ瀬より疋田口に向かい、信長の陣営の背後から攻撃するよう通牒していた。

その一方で、朝倉義景は織田の軍勢を誘き寄せるため二十七日早朝、大軍を従えて一乗谷を出馬した。

その情報をえた信長は、木下藤吉郎（豊臣秀吉）に殿軍を勤めさせ、自らは素早く若狭街道より浅井長政が領土の近江国の平野部を避けて、山岳地帯を選んで逃走した。

途中、近江佐々木一族の、朽木谷の豪族朽木元綱の掩護を受け、京へと逃げ帰ったが、信長の敗北であった。

このことにより、元明の一乗谷よりの脱出は不可能に終わり、竜子は期待をしていただけに無念であった。

浅井長政は、織田信長に越前の朝倉義景を攻めないとの約束で、信長の妹お市の方を妻に迎え、婚姻関係を結んでいた。

しかし、信長が約束を破り、越前を攻めたことに機を発し、浅井長政は、朝倉と連合して挙兵、二ヶ月後の六月二十八日、姉川を挟んで、織田軍との戦いに挑んだ。

姉川は伊吹山地の美濃と近江の国境の山を水源としている。その途中の瀬戸山谷、中津又谷などの湧き水を集めて南下し、伊吹山の麓伊吹で西に折れ、浅井郡、坂田郡の郡境に沿って、平野部を横切り琵琶湖に注いでいる。

合戦は河川で行なわれ、織田軍は苦戦していたが、三河国（愛知県）の徳川家康軍が横より朝倉、浅井連合軍を追い散らし、織田軍の勝利となった。

十五代将軍の座についていた足利義昭は、信長に単に利用されたことを恨み、摂津（大坂）の石山本願寺と手を組んでおり、信長は姉川の合戦後、休む間もなく、本願寺を攻めるために、摂津に赴く。

九月十二日、朝倉、浅井軍は信長の滋賀郡の拠点宇佐山城（大津市）を攻撃し、織田軍を本願寺と挟み撃ちするために、京に進軍しようとした。

ところが、摂津にいた信長の元にその通報があった。信長の素早い判断で急遽、摂津を出発して、京より逢坂越えをして大津に至り、朝倉、浅井軍を追いながら滋賀郡に入った。

しかし、朝倉、浅井軍は、開祖最澄の天台宗総本山の比叡山延暦寺山内の壺笠山・青山などの山々に陣を構えた。延暦寺は山内の朝倉、浅井軍に攻撃を許さなかった。

朝倉、浅井軍は延暦寺を味方につけ、山内に逃げ隠れたようなものである。

同年十二月、正親町天皇の勅《みことのり》により、信長は一応、朝倉、浅井と和睦した。

宇佐山城主・森可成は討死したが、幸いにも落城は免れ、明智光秀が宇佐山城を守った。

元亀二年（一五七一）。主のいない武田の城では、後瀬山の木々も青葉が茂り、のうぜんかずらも地面から木々の梢にところせましとよじ登って紅の花をつけている。

竜子が、束縛されない山の姿を仰ぎ見ながら、一乗谷の元明の元に空高く飛んで行きたいとの思いに耽っていると、侍女の一人が竜子の部屋の前にやってきて、

「上平寺村から京極高吉さまの使者が、お目どおりを願いたい、と参っております」

と、伝えた。

「えっ、上平寺村の者が。まず、お竹さにその者を会わせなさい」

「かしこまりました」

ほどなくして、お竹が使者を伴ってやって来た。

「お方さま、お竹の弟の弥平でございます」

「まあ、そうだったの。弥平とやら、もっと側近くに」

襖の外でひざまずいていた弥平は、竜子の側近くまでにじり寄った。

「お竹さに、弟がいたとは知らなかった」

「上平寺村で百姓をしております。畑で収穫した作物を、上平寺城にお届けしているそうです」

お竹は、弟の顔を見ながら嬉しそうに話した。

「でも、父上がどうして上平寺城に」

「実は、昨年十一月に上平寺城にお帰りになられました」

弥平は、静かに話を切り出した。

「では、父上は今、小谷の京極丸にいらっしゃらないのね」

「さようでございます、そこで織田信長殿は、木下藤吉郎という家臣を使者にたてて、殿さまを岐阜へ招かれましたが、お殿さまはお断りなさいました」

「父上は、今さら織田信長さまの家臣になることが、お辛いのでしょう」

竜子は目を潤ませた。

「やはり、京極家のご先祖が浅井氏の逆意によって所領を横領されたことを、殿さまは今だに、遺恨に思っておられるようです」

「それはそうでしょう、お殿さまのお気持ちが、手に取るようにわかります」

お竹は横から口を挟んだ。

「そこで、お殿さまは、織田信長殿に異心のない証拠に、八歳になられた高次さまを人質とし岐阜に送られました」

「えっ、まだ幼い高次を……。可哀相に。竜子がお役に立てなかったから、高次が犠牲になったのね」

「そういうことはございません。足利将軍さまが織田殿と不和になられたからでしょう」

「そうね、父上はさぞお力落としでしょう。父上はその後、どうなされますの」

「上平寺城にすでに蟄居なされ、剃髪され道安と号されました。それよりも、竜子姫さまのことをいつもご心配されておいでです」

「それはそうと、武田の御屋形さまは一乗谷の盛源寺にお元気でおいでるとのことです」

「その話、本当なの」

竜子は元明の安否がわかり、胸をなでおろした。後は声にならず、ポロポロと嬉し涙が、竜子の頬をつたった。

「弥平、御屋形さまの消息がどうしてわかったの」

お竹が聞くと、弥平は、

「お殿さまは、明智光秀殿からお聞きになられました」

と、答えた。

「明智さまから……」

「明智光秀殿は、大津の天台真盛宗総本山の西教寺のご住職さまからお聞きになったようです。盛源寺は同じ宗派なので、消息を知らせて来た、とのことでした」

「御屋形さまがご健在ならば、きっとお方さまの元にお戻りになられますよ」

お竹は笑みを浮かべ、竜子を励ました。

「そうね、その日を勝俊と一緒に待ちましょう」

竜子は、勝俊の頭をなでながら、望みを託した。

弥平は、お竹と二人でしばらく故郷の積もる話をしたあと、武田の城を後にした。

同年九月十二日、織田信長は、延暦寺の衆徒が朝倉、浅井連合軍に味方したことを憎み、宇佐山城を襲撃された昨年の同月同日を選んで、延暦寺の堂塔を焼き討ちにした。

その後、織田信長は明智光秀に滋賀郡を与え、坂本に築城を命じた。信長が岐阜城を出て、佐和山城（彦根市）から琵琶湖の水路を利用して、坂本に上陸し、今道越（志賀の山越、山中越）をして、京都に入る拠点として利用するためである。

命を受けた光秀は十二月から坂本城の造営に取り掛かり、宇佐山城を廃城し、自ら築城した坂本城に移った。光秀は、長い間、夢に見た城主になれたのである。

竜子の元にも風の便りに、坂本城の情報も入ってきた。心から喜ばしいと思った。これに反して、武田家はどうなるのだろうかと、不安は募るばかりであった。ところがその不安が相通じたのか、武田の城に宮川尼が訪れてきた。

宮川尼は細川藤孝の姉で、夫の武田信高（信重）が没して後も、宮川の庄に居住しているので、宮川尼と称されている。

「義大叔母さま、いらっしゃいませ、ご無沙汰いたしております」

竜子は武田家の身内の来客とあって、やや緊張した。

「竜子さま、弟の藤孝よりの知らせによると、元明殿は、一乗谷の盛源寺にご息災でおいでるらしいですよ」

「ありがとうございます。実は、父が明智さまより知らせを受け、父の使いの者が知らせにきました」

「そう、もうご存知だったのですね」

「細川さま、明智さまのおかげです」

「明智殿の息女・玉子さまと甥の忠興が織田信長殿の命で婚約したことも文に認めてありました。同じ若狭国の同郷の縁ですから悪くはないです」

「それは良いご縁ですこと」

「弟の文によると、織田信長殿はいずれ、越前、近江を攻撃するようです。若狭国も戦場になるやも知れません。弟が私を呼び寄せておりますので、弟の元に身を寄せようと思い、今日はお別れにまいりました」

「淋しくなりますね」

「竜子さまも、このお城から出られた方がよろしゅうございますよ」

「竜子はここで御屋形さまをお待ち申します」

「それは駄目です。もう武田の城を守るのは無理ですよ」

「どうしてでしょうか、竜子は御屋形さまが一乗谷からお戻りになられるまで、この武田の城でお待ち申します」

「悪いことは申しません、神宮寺の桜の坊に避難され、命を大切にして元明殿のお帰りをお待ちになられた方がよろしいです。神宮寺なら安全です」

「竜子さまは、先程から御屋形さま、とおっしゃっておりますが、武田家はもう若狭国の守護でも国主でもありません。御屋形さまと云うのを、おやめになった方がよろしゅうございますよ」

宮川尼は、武田家の一員として姑のような口調である。

「ご忠告ありがとうございます」

竜子は、悲しげにそう答えるのが精一杯であった。

「義大叔母さまは和歌に堪能だと、元明さまより伺っておりましたが……」

「それほどでもないが、好きだから、武田の菩提寺でもある京都の建仁寺の塔頭十如院にいる息子の英甫永雄《えいほようゆう》にも小さい時から教えていましたね」

「そういえば、明智さま、細川さまも文学に秀でていらっしゃると、伺っていました。竜子も義大叔母さまから和歌を教えていただきとうございました」

「そうね、世の中が鎮まりましたら、お子様の勝俊さまとご一緒にお教えいたします」

「その時はよろしくご指導をお願いします」

「息子は和歌だけでなく、狂歌にも興味があるらしく、なんだか、美濃国生まれで金森長近（後の美濃国高山城主）殿の弟さんで、京の禅林寺（永観堂）で修行されている策伝（後の京都総本山誓願寺五十五世）さんと親しいようです。その方は、なかなか楽しいお説教をなさるそうですよ」

「京の都は楽しそうですね、竜子もそのお方のお説教を拝聴したいものです」

「元明殿がお戻りになられた暁には、ご一緒に策伝さんのお説教を拝聴に行きましょう」

「はい、その日を楽しみにしています」

竜子は、久しぶりの世間話に時の経つのも忘れた。

「今年は夫の十七回忌でした。法事も無事終えましたので、心おきなく弟の元に行けます。京には息子もおりますので、今後は短歌三昧に生きてまいります」

宮川尼の表情には無事、夫の十七回忌を終えたすがすがしさが浮かんでいた。

「竜子の生まれた年に、武田信高さまが、お他界なされたのですね」

「そうですか。竜子さまはまだお若いのに、一児の母親として、元明さまの留守をしっかりお守りしていらっしゃるようですね」

「先程の件ですが、やはり神宮寺で元明さまがお戻りになるのを、お待ちいたします」

「その方がよろしゅうございます。弟に竜子さまの居場所を教えておきますから、弟の方から明智さまに伝えてもらいます」

「よろしくお願いします」

竜子は、宮川尼に深々と頭を下げた。

宮川尼は竜子をねぎらい、武田の城を去った。

久しぶりに武田家の親族と楽しいひと時を過ごした竜子は、宮川尼に神宮寺で元明を待つと云ったものの、どうしたら良いか、不安であった。

武田家に嫁ぎ、夫元明と共に過ごしたのはわずか三年足らずであったが、武田の城での生活も足掛け七年の歳月が経っていた。

数日後、竜子は色々と思案した末、神宮寺へ移ることに決めた。

竜子は、侍女にお竹を呼ぶようことづけた。しばらくしてお竹が竜子の部屋にやってきた。

「お呼びでございますか」

「お竹さ、この武田の城を出て神宮寺へ移ります」

まさか、今この城を出て行くとは、想像もしていなかっただけに、お竹は驚いた。

「お方さま、どうしてこのお城をお出になるのですか。御屋形さまが、きっとお戻りになると存じますが……」

「お竹さ、武田家はもう若狭国の守護にはなれないのですよ」

竜子は、宮川尼に云われたとおりのことを説明し、お竹も納得した。

山の木々が芽吹く頃、竜子は勝俊とお竹だけで神宮寺桜の坊に移った。静かに元明の帰りを待つ生活がしばらく続いた。

年明けて元亀四年七月、天正元年（一五七三）と改元されたその月、足利義昭将軍は京都を脱出して、宇治の槇島《まきのしま》城にたてこもり、信長に反旗をひるがえした。

しかし戦いは義昭の敗北に終わり、義昭は敗走した。足利幕府は十五代でついに滅びた。

足利将軍家の再興に、明智光秀、細川藤孝それに竜子の父京極高吉が奔走したが、皮肉にも京極高吉が信長の人質に差し出した竜子の弟高次がその戦いに出陣していた。その出陣の功績により、高次は信長から近江奥島（現近江八幡市）五千石を拝領した。


月が変わった八月六日、朝倉義景は一乗谷より近江の柳ヶ瀬（余呉町）に出陣。十日にはさらに木之本地蔵まで進軍した。

ところが十二日、雷雨にもかかわらず織田軍が北上してきたために、陣を布いたものの、朝倉軍は刀禰坂で追撃され、惨敗した。

二十日、織田軍は敗走する義景を一乗谷より大野郡の賢正寺に追いつめ、自腹を切らせた。

二十九日には浅井長政が赤尾屋敷で自害して果て、朝倉、浅井両軍はついに滅びた。

しばらくして、武田の旧臣が神宮寺桜の坊にいる竜子の元にやってきて、その戦況を知らせた。

「朝倉家が滅びたのなら、殿は若狭にお戻りになれますね」

竜子は、ようやく燭光が射し込む思いがした。

「それが、織田軍は一乗谷の朝倉殿の本丸、館、仏閣その近辺は残らず放火したために、殿の消息が残念ながら不明でございます」

「では、殿はどうなされているのでしょう」

竜子の顔は一転して不安の表情に変わった。

「それに、若狭国は織田信長殿の支配地になり、丹羽長秀という信長殿の家臣にゆだねられました」

「では、殿はどうなるの」

「……」

旧臣は返答に困った。

「ありがとう。ご苦労さまでした」

旧臣が帰ったあと、竜子はしばらく一人で呆然としていた。膝に勝俊が飛び込んで来て、竜子は我に返った。

「母上」

「勝俊、お父上は必ず帰っていらっしゃいます」

竜子は、自らにそう言い聞かせ、勝俊を強く抱きしめた。

「そうですとも。お殿さまは必ずお帰りになられます」

お竹も語気を強め、竜子を勇気づけた。

神宮寺境内の木々の葉も色づき始めた頃、勝俊を連れて境内を散歩していた竜子のもとにお竹が息せききって走ってきた。

「お、お方さま」

「お竹さ、どうしたの」

「お、お殿さまが……」

息が切れて声が続かない。

「えっ、殿がどうされたのですか」

「お帰りになられました」

竜子はその一言を聞くなり、一目散に坂を駆け下り、桜の坊に急いだ。座敷に座っていたのはまぎれもなく浅黒い顔をした元明であった。

「殿、ご無事で。何よりでございました」

竜子の目にみるみる涙が浮かんだ。それだけ伝えるのが精一杯であった。お竹が勝俊を連れて後を追って戻ってきた。

「おう、若か」

「はい、お父上。勝俊でございます」

勝俊も丁寧に挨拶した。元明と竜子は、五年振りの再会であった。

六、逆巻く怒濤

武田元明は一乗谷より無事脱出して、竜子の顔を見るなり、すぐにも竜子を抱きしめたいくらいに嬉しかった。その夜、竜子は久しぶりに元明の腕に抱かれながら、話に聞きいった。

「織田軍が、一乗谷とその近辺を放火していた時、東大味にどうにか逃げたから、こうして若狭に帰ってこられた」

元明は、その時の情景を思い出しながら話した。

「光秀殿は妻子とともに、およそ五年あまり過ごしていた東大味の住民のために、織田軍の鬼の武将といわれていた柴田勝家に、攻撃をしないよう依頼したらしい」

「光秀さまは、殿が東大味に逃れていることをご存知だからでしょうね」

「さあ、それはどうかな」

その後、明智光秀の屋敷跡地に住んでいた三軒の農家は、光秀の恩義に感謝し、光秀の木像を極秘に守り続けた（明治十九年、屋敷跡に小さな祠を建て、明智神社として現在も東大味の住民らが守っている）。

元明は、竜子の肌のぬくもりを味わいながら長い間の空白を埋めるかのように話を続けた。

柿本人麿の歌に、

あしびきの
　山鳥の尾のしだり尾の
ながながし夜を
　ひとりかもねむ

とある。長い間、「ひとりかもねむ」夜を過ごした二人にとって、「ふたりかたらう」ことのできる夜は、まさに至福のひと時であった。

信長は越前国を平定した後、若狭国の戦後処理として丹羽長秀に半国を、残る半国は武田家の旧臣たちが領し、若狭衆として信長の与力となった。

若狭国主であった元明は、後瀬山に戻れることを期待して帰ったが、信長より神宮寺桜の坊での蟄居を強いられた。

新妻のまま夫元明とひき裂かれた竜子は、夫婦一緒に過ごせれば、後瀬山に戻れなくてもそれでよいと思った。

明智光秀の居城のある坂本と湖上交通の要所・奥島にいる京極高次は信長から五千石が与えられた。さらに京極家の旧臣を集め、下の弟高知も奥島に住むことを信長から許され、父京極高吉が心底願っていた京極家の再興を弟高次が成し遂げ、竜子は肩の荷が降りる思いがした。

信長は、近江北郡を羽柴藤吉郎（豊臣秀吉）に、朝倉義景から信長に寝返った前波吉継に越前国を与えた。藤吉郎は今浜城を長浜と改め、前波は桂田長俊と改名して一乗谷に、それぞれ居住した。

信長は越前を平定したかに見えたが、織田軍が去ったあと、天正二年（一五七四）正月十八日、越前一向一揆は一乗谷の上城戸、下城戸の二手に分かれて桂田長俊を攻め、長俊及び妻子を殺害した。越前国も加賀国と同じように、一向一揆の国になろうとしていたのである。

越前一向一揆が、桂田長俊を殺害した後、石山本願寺から下間頼照が越前守護代として越前国に赴いた。下間頼照は加賀国との国境に近い豊原寺（坂井郡丸岡町）で政務を執った。

豊原寺は、白山信仰の古刹の寺院で大宝二年（七〇二）、泰澄大師の開創といわれ、しばしば騒乱の拠点に利用された寺である。

その頃、徳川家康が、甲斐の武田勝頼の騎馬軍団の来襲をうけ、信長は家康から援軍を求められた。

越前が気にかかっていたものの、信長は家康の要請に応じて天正三年五月二十一日、家康の家臣・奥平信昌の守る長篠城（愛知県鳳来町）から数キロ離れた設楽原に出陣し、武田軍に壊滅的な打撃を与えた。

その戦いの後、信長は休む間もなく、気になっていた越前に転戦し、同年八月、若狭、丹後の兵船を利用し、朝倉の旧臣の浪人衆を弾よけとして戦わせ、越前一向一揆を攻撃した。

まもなく、信長軍は、加賀へ逃げる本願寺の下間頼照を途中で捕らえ、首を刎ねた。

越前一向一揆を平定した信長は、柴田勝家に越前中郡の八郡を与え、勝家は北ノ庄（福井市）に城を構えた。

越前を平定したものの、信長の残酷な戦いぶりが、若狭では噂になっていた。お竹は近くの百姓にその噂を聞いた。

「越前の一向宗のお坊さんらは、袖から袖へ縄を通され、数珠つなぎにされて五十人縄、三十人縄と名をつけて、はりつけにされたようです」

竜子は顔をしかめた。

「なんて惨いことをするのでしょう、明智さまや、高次はそんな恐ろしい方にお仕えしているのですね」

「そうですね。数年前の延暦寺の時も残酷でしたからね」

天下平定のために手段を選ばない信長は同七年五月、京に近い安土に新しい城を築城し、翌年、柴田勝家を総大将にして加賀の一向一揆を平定させ、日本の中央部をほぼ手中に収めた。

明くる正月の終わり頃、竜子のもとに上平寺より知らせが届いた。父京極高吉の病死の知らせだった。竜子は訃報に接し、十数年前に京極家の再興を誓って父と別れた日を思い出し、泣きくずれた。食事も喉を通らない日が何日も続いた。

しかしその年、武田家に僅かな喜びが舞い込んできた。信長から元明に、武田の旧臣逸見昌経の所領の一部大飯郡高浜（現高浜町）の三千石が、昌経に嗣子がいないために、与えられたのであった。信長は、残る五千石を丹羽長秀の家臣溝口秀勝に与え、以後溝口秀勝は信長の直臣に加えられた。

「武田家の領土でもある家臣の領地を、信長より与えられるとは……」

元明は、初代武田信栄より支配していた、わが武田の領土を織田信長の手に委ねられ、不満であった。

武田の領土を織田信長に委ねられ、竜子も元明と同様、不服ではあったが、元明に領土を取り返す威力を望めなかった。現状を維持することの方が肝要であると考えた。

「ご不満でしょうが、蟄居生活よりよろしいではございませんか」

「まあな」

「それはそうと、明通寺（小浜市）という古いお寺が若狭にあるそうですね」

「そうだ。なんだか平安時代のはじめ、山中に大きな楓木《ゆずりき》の下に不思議な老居士が住んでいて、時の征夷大将軍坂上田村麿公が、老居士の命ずるままに、大同元年（八〇六）に堂塔を創建したと言い伝えられている。居士が楓木で彫った薬師如来像、降三世明王立像、深沙大将立像の三体を安置してあるらしいぞ」

元明は、久しぶりに昔から言い伝えられている話を思い出しながら竜子に聞かせた。

「ところで、光秀殿は天正七年に丹波一国を加増され、亀山城主（現亀岡）になっておったが、今年もまた信長殿より丹後も加増され、明智家は順風満帆だな」

「さようでございますね」

天正九年九月、信長は次男の信雄に伊賀国（三重県）の平定を命じ、明智光秀、蒲生氏郷、筒井順慶、京極高次らとともに、若狭衆も参戦した。しかし元明は戦う勇気を失っており、出陣しなかった。

その時、身重の体になっていた竜子は急に産気づいたため、神宮寺を離れ、近くの百姓の家まで急いだ。まもなく無事女の子を出産し、母の名と同じく竜子と命名した。

明くる天正十年の春、竜子は武田に嫁いで十五年の歳月が流れ、円熟した二児の母親となった。元明と充実した幸せな日々を過ごすことができた。

ある夜、親子で夜空を見上げて星の数を数えていると、彗星が長い尾をひいた。

「あら、箒のようなものが光って流れてきたわ」

「なんだろう」

「なんだか、気味がわるい」

その夜から彗星は数日にわたって毎晩、夜空を流れた。人々は不吉な予感だと恐れおののいていた。

数ヶ月後の六月二日、京の都で、明智光秀が織田信長を本能寺に急襲し、信長を敗死させ、信長の長男信忠をも二条城に襲い、自害させるという大惨事を起こしていた。

備中（岡山県）高松城攻めの陣中にあった羽柴秀吉は、本能寺の変報を二日後に知った。惨事を知った秀吉は驚き、敏速な早さで摂津に戻った。

秀吉は六月十三日、信長の三男信孝を総大将にして山城国（京都府）山崎で戦い、明智軍を破った。光秀は敗走の途中、小栗栖《おぐるす》で土民によって殺された。

光秀の天下は、わずか十一日であった。

光秀は、信長の死後、奥島にいる京極高次を坂本城に呼び出し、光秀の家臣山田八右衛門、藤樹喜兵衛とともに、羽柴秀吉の母堂の住む長浜城を囲むよう指示していた。

高次は、再び京極の地を奪い返そうと、その誘いを承諾し、浅井郡の安土満五郎と江北の浪人を集め、奥島より長浜に出陣したが、光秀滅亡後、満五郎は羽柴秀吉に殺され、高次は坂田郡清瀧寺に逃げ隠れた。

六月二十七日、柴田勝家、羽柴秀吉、丹羽長秀、池田恒興ら四名が清洲城において会議を開き、その席で羽柴秀吉が推薦した故信忠の遺児三法師（秀信）を織田家の後継者に定め、四名を重臣と決めた。

この時、柴田勝家は信孝を推挙したが、三対一で敗れた。勝家は、秀吉の思い通りの決定に強い不満を残した。

そこで勝家は、浅井家の滅亡後、兄信長の元にいたお市の方を妻とし、茶々、初、江の三人の娘とともに、越前北ノ庄に迎えた。

その情報が若狭の元明の元にも、刻々と伝えられた。

「すがすがしい面立ちの明智さまが、なぜ信長さまを本能寺に急襲されたのでしょう」

竜子は、元明に尋ねた。

「光秀殿は、信長殿と色々と目にあまるものが蓄積していたのであろうよ。それにしても羽柴秀吉の羽柴の姓は、丹羽殿と柴田殿という強い武将にあやかり、羽と柴の一字をつけて、木下を羽柴の姓にしたらしい。どんな男かな」

「そうね、羽柴秀吉という名前を初めて知ったわ」

「それはそうと、高次が秀吉の母親が住んでいる長浜城を占拠したらしいが、どうしているものか。こちらにも光秀殿より加担の誘いがあったが、躊躇しているうちに、光秀殿が敗死したからな」

その頃、秀吉は家臣の堀秀政に、高次の居所を探し出すよう命じていた。

ところが、命令を受けた堀秀政の先祖は、代々京極家の家臣であったために、秀政は密かに人を介して高次に逃げるよう告げた。

知らせを聞いた高次は、即刻清瀧寺を出て、柏原の民家小谷清兵衛の家に遁れた。清兵衛は、高次を美濃国今須の山中の岩窟の中に隠し、食料を運んだ。三、四日後、高次は夜中に岩窟を抜け出し、北ノ庄に義叔母お市の方を頼り、北ノ庄に寓居した。

翌年の天正十一年四月、柴田勝家は、ついに羽柴秀吉打倒の兵を挙げた。北近江の賤ヶ岳一帯で秀吉軍と天下分け目の戦いが行なわれたが、勝家は敗れ、北ノ庄に敗走した。

鬼の武将といわれていた勝家は同月二十六日、茶々、初、江の三人娘と、人質にしていた前田利家の娘摩阿を、利家の長男・利長の居城府中城（武生市）に逃がし、自らはお市の方と、炎とともに消えた。

羽柴秀吉軍は勢いに乗じ、勝家の甥・佐久間盛政が居城・尾山城を攻略し、加賀国をも平定した。

　勝家の居城・北ノ庄が滅びて後、北ノ庄に寓居していた高次は姉竜子を頼って神宮寺桜の坊に密かに移ったが、桜の坊に数人の武士が入って来るのを見届け、追っ手が来たと思い、裏山に逃げた。同年七月十九日（一説に十年）のことである。

　追っ手と思った武士らは、実は高次にではなく、元明に秀吉の命令を伝える丹羽長秀の家臣たちであった。秀吉の命令とは元明に海津の宝幢院に来るように、というものであった。

「何の用事でしょうか」

　竜子は不思議であった。

「まあ、宝幢院まで行けばわかるだろうよ」

　竜子は同じ名の娘竜子を抱いて、勝俊と門前で、元明の馬上姿を見送った。

「行ってらっしゃい」

「行ってくるよ」

　元明を見送った竜子は、なぜか元明の馬上姿がいつまでも脳裏に焼き付いて離れなかった。

　その日の夜遅く、早馬が駆けつけてきて、門前に止まったかと思うと、

「殿が丹羽長秀によって殺されました」

　と、叫ぶように武田家の旧臣熊谷直之が知らせにきた。

「殿が何故、殺されなければならないのですか」

竜子は狼狽えることなく、毅然とした態度で熊谷に質した。

「理由はわかりません。明智殿か、それとも柴田殿とのことではないかと思いますが、それより、お方さまもまずお逃げ下さい」

「いいえ、殿は何も後ろ暗いことはしていません。逃げ隠れする必要はありません。羽柴秀吉に殺されても良いから、殿の顛末の件を問い質さないと、殿が浮かばれません」

元明が海津の露と消え果てた今、竜子を重なる不幸が強い気丈な女にさせていた。

「お方さまのお気持ちはわかりますが、どんな輩が来るやもしれません、ひとまずお逃げ下さい」

暫くして、竜子はお竹に、

「娘の竜子を細川藤孝さまのところに連れて行って頂戴」

と、命じた。

「それは良いお考えでございます。細川さまには宮川尼さまがいらっしゃいますから姫さまをお育て頂けますでしょう」

熊谷もお竹も納得した。

「かしこまりました、確かに宮川尼さまの元にお連れいたします。お竹におまかせ下さい」

「それでは、まずお方さまと若君を三方郡の方へご案内いたします。では、一刻も早くご準備を」

娘は細川藤孝の丹後国の居城・宮津城へ丹後街道を南に、母の竜子は勝俊とともに熊谷直之の案内で丹後街道を北へ、母娘は南北に分かれて、一先ず逃れることにした。

熊谷直之は三方郡井崎（大倉見）城主であったがために、竜子親子を、その近くの曹洞宗弘誓寺へ案内した。

「この弘誓寺は、慈眼山と号して、大同二年（八〇七）に船津山で如意輪観音を取得した人が、同四年に建立したと伝えられております。ここに暫く隠れていて下さい」

「どうもありがとう」

竜子は、夫元明の菩提を弔う意味を込めて、仏前に手を合わせた。しかし竜子の胸には、元明の亡骸にも会えない口惜しさが残り、雨の如く涕涙するばかりであった。

羽柴秀吉は戦後処理として若狭衆の領地を没収し、丹羽長秀に若狭一国と北ノ庄も与えた。初代武田信栄が領した若狭国は、完全に武田家の領地ではなくなった。

勝家を滅ぼした秀吉は、事実上、織田信長の天下人の後継者となった。

竜子の寂しさは癒えることもなく、三方の風光明媚な風景を眺めていても感動を覚えず、暗澹たる思いの日々が続いた。

そんなある日、熊谷は自分が外護している曹洞宗の湖岳院《こが》に竜子を案内した。

「この寺も古く、鎌倉幕府の執権北条時頼が出家して後の文応元年（一二六〇）に創建した宝福寺の後身だと伝えられております」

「本当に若狭は古いお寺が多いですね」

「三方湖畔の湖岳島（現三方町）に永享年中（一四二九―四一）、創建された宝応寺（現美浜町・龍澤寺）という寺が、現在廃寺になっており、残念に思っています」

熊谷が竜子に説明をしていると、本堂の入り口で、村の女の子が、その話を聞いていた。

竜子はその子に、

「そばへいらっしゃい」

と優しく声をかけると、素直に竜子の側に寄ってきた。

「お寺が好きなの。お家が近いの」

竜子が尋ねると、

「はい、早瀬浦（美浜町）です」

「そう、お名前は」

「くすと申します」

村の子にしては、言葉づかいが丁寧なのに驚いた。そこへ、留守だった住職が外出先から

戻ってきて、

「大きい声では云えないが、この子は、実は浅井長政殿の息女です」

「えっ、でも早瀬浦の子ではないのか」

熊谷直之が聞くと、

「母親が早瀬浦の出身で、浅井家が滅亡してくすを連れて里に戻ってきたが、まもなく母親が亡くなったので、くすをこの寺に引き取っているのです」

「そうだったの。それでは、くすと私は従姉妹ではありませんか」

竜子は、父と同様、母の実家の浅井家は嫌いであったが、やはり、血脈がある身内に会えたのは喜びであった。

「武田殿が殺されたのは、若狭衆が明智殿、柴田殿に加担したのではと、丹羽殿が秀吉殿に訴えたからのようです」

「やはりそうでしたか。はっきりした理由もなく殿は殺されたのね」

竜子は、どうしても真実を解きたいという思いが募り、秀吉に直訴しようと考えた。

「では、拙者がご一緒致しましょう。拙者は信長殿の朝倉攻めに際し、秀吉殿に道案内をしたことがありますので、秀吉殿にお目どおりを叶えるものと存じます」

竜子は、熊谷の頼もしいその言葉に、若狭国を離れる決意を固めた。

数日後、勝俊と熊谷の三人で弘誓寺の仏さまに詣で、旅姿を整えて京に向けて出発した。

竜子の一行が、菅笠をかぶり若狭街道を進んでいると、後ろから、くすが追いかけてきて、一緒に連れて行くようにせがんだ。

「殺されるかも知れないのですよ。三方にお帰りなさい」

竜子は、くすに強く言い聞かせた。

「いいえ、是非ともお願いします。くすはお方さまの身のまわりのお世話をさせていただきとうございます」

竜子は、一刻も早く若狭国を離れたいと、焦っていた。

「では、一緒にいらっしゃい」

「ありがとうございます」

四人となった竜子の一行は、若狭街道を保坂（現今津町）から、朽木谷に出て、京極家とは同じ佐々木一族である朽木元綱の屋敷近くに差し掛かった。竜子は元綱の屋敷に立ち寄るかどうか、思案した。

丁度その時、屋敷の前で子供を抱いている奥方の姿が見え、竜子らの一行を不思議そうに見ている。奥方は、どことなく気品のある竜子を見て、ただの旅人ではないと察したらしい。

「京の方への旅でございましょうか」

「はい。もしや朽木殿のお屋敷では」

「そうです」

「京極竜子でございます」

「ああ、京極さまでございましたか、ご無礼を致しました。どうぞ、どうぞ中にお入りください。只今殿をお呼びしてまいります」

「突然、ご迷惑をおかけいたします」

まもなく、通された部屋に朽木元綱が入って来た。

「京極竜子殿、そんな堅苦しい挨拶は抜きに。元は同じ佐々木一族ではありませんか」

竜子は元綱に、元明の一件などを説明し、一行は朽木家で一夜を過ごした。

早朝、元綱と奥方は弥五郎（後の宣綱、竜子の妹マグダレナの夫）を抱いて、竜子の一行を見送った。奥方は伊勢国の一身田専修寺大僧正堯慧の息女であり、どことなく物静かで気品があった。

その後、竜子の一行は足早に京大原に向かった。

七、誓願寺

竜子らの一行は朽木村より途中峠を越え、比叡山の北西麓の大原口に到達した。この道は若狭から京に魚を運ぶ魚（鯖）街道と称している。

一行はさらに八瀬、松ヶ崎、賀茂川に出たところで一休みをした。大原や八瀬の薪や柴、炭などの産物を京の町に売り歩く大原女《おはらめ》の小原木踊りの歌声が聞えてきた。

「祇園、清水、室町立ち寄れ、小川誓願寺をすぐれども、今日は売れぬや、如何に里人、木召せ、木を召せ、八瀬や小原の賤しき者は、沈や麝香は持たねども、匂うて来るのは、たき物、シャンシャンシャンシャン」

竜子は、この歌に出てくる誓願寺が、平安時代の女流歌人和泉式部が往生を願って尼となり、寺内に庵を結んだ寺だと聞いたことがあり、誓願寺に立ち寄りたくなった。

「まず誓願寺さんにお参りしましょう」

竜子らは足取りも軽くなり、賀茂川を渡って一条小川にある誓願寺に到着した。

「ここが、噂の女人往生のお寺さまなのね」

山門の六字名号（南無阿弥陀仏）の扁額が目に入った。

「勝俊、本堂にお参りしましょう」

竜子は勝俊の肩に手をかけながら本堂に入った。無事京に到着したお礼を込めて、仏前に手を合わせると、竜子は、元明を理由もなく殺害された苛立ちが不思議に晴れ、安住の地を得た心地になった。

本堂に居合わせた住職の教山上人が、竜子の一行に話しかけてきた。

「この寺は天智天皇七年（六六八）の勅願により大和の尼ヶ辻（奈良市）に創建されましたが、平安遷都（七九四年）で大和より移ってまいりました」

「六字名号の扁額が掲げられてありますね」

「この寺は、二十一世の蔵俊《ぞうしゅん》僧正が法然上人に帰依され、浄土宗になっております。扁額は一遍上人直筆でございます」

能作者世阿弥は、この扁額を題材に、和泉式部が亡霊となって、一遍上人に扁額を六字名号に改めるように頼む謡曲「誓願寺」を作っている。

上人が、どことなく品のある竜子を見て、問いかけた。

「ところで、あなた方はどちらよりお越しで」

「はい、こちらのお方は若狭国の、今は亡き武田元明殿の奥方さまでございます」

熊谷が、竜子の素性を明らかにした。

「さようでございますか。たしか、奥方は京極家のご息女でしたな」

「はい、京極竜子と申します」

「この度は、とんだご災難でございましたな。しかし奥方は羽柴秀吉殿に連行されたと、京ではもっぱらの噂ですよ」

「さようでございますか、人の噂って、あてにならないものなのですね」

「この度、羽柴秀吉さまに直接、殿が殺された理由を聞きたくて京に出てまいりました」

「京極殿のような優しそうなお方が中々度胸がおありのようですな。そうだ」

上人は、ひと膝打った。

「秀吉殿の奥方おね殿が、近々この寺に参詣されます。奥方さまにお話をされた方が、およろしいかと思います」

「しかし、ご迷惑では」

「そのようなことはございません。すぐに宿を用意させましょう」

「では、お願いいたします」

竜子は、上人の好意に甘えることにした。

数日後、おねが誓願寺にやってきた。上人は、参詣をすませたおねに竜子を引き合わせた。

「羽柴さま、こちらの方は若狭の武田元明殿の奥方です」

竜子を紹介され、おねは驚いた。

「えっ、武田殿の……」

「はい、武田元明が何故無実の罪で殺されたのか、直接お伺いしたくて参りました」

「それで、わざわざ京に」

「はい」

「たしか武田殿が明智光秀、柴田勝家両人に加勢されたように聞いていますが」

「殿はそのようなことはしておりません。どうか羽柴さまに直接お目にかかれますよう、お願いいたします」

おねは、竜子の必死に訴える一途な気持ちが嘘ではないように思えた。

「わかりました。私の方から秀吉殿に伝えておきましょう」

「よろしくお願いいたします」

竜子は、おねの懐の広さを感じとった。

秀吉は、その頃、大坂城の築城に着手していたが、数日後、竜子一行を大坂城の建築現場の仮小屋に呼び出した。

呼び出された竜子が仮小屋に恐る恐る入ると、厳しい顔をしていた秀吉は、竜子の気品に満ちた美しい姿に唾をのんだ。

秀吉夫妻の前に平伏し、元明の殺害の理由を問いただす竜子を、秀吉はいとおしく思った。

「そうか、武田殿は加勢していなかったか。許せよ」

竜子は、秀吉の何気ない返事に、呆気にとられた。

「弟京極高次の罪は私がかぶりますゆえ、どうか高次をお許し下さいませ」

必死に高次の許しを乞うた。

「わかった。高次は許そう」

竜子は、嬉しさのあまり落涙した。

「京極殿は、しばらく誓願寺で待つがよい」

竜子は一瞬、誓願寺で殺されるかも知れないと、不安が走った。ところが秀吉は、

「大坂に城が完成したならば、浅井の茶々、初、江の三人を住まわせようと思っておる。丁度よい。京極殿も大坂城で過ごすが良い」

と、いう。

「ありがとうございます」

竜子は複雑な気持ちで、秀吉に礼を述べた。

「兄の木下家定に子が無いために、お子様を木下の養子にしては如何でしょうか」

おねが、秀吉に提案した。

「それは名案だ。名門京極家と足利将軍家の血脈が木下家に流れるか。名は何と言う」

「勝俊と申します」

「今日から武田ではなく、木下勝俊を名乗れ」

「はあっ、ありがたく木下家の姓を名乗らせていただきます」

勝俊は凛々しく礼を述べた。

おねの兄杉原家定が秀吉の本姓・木下家を名乗っており、勝俊は秀吉の家の姓を名乗ったことになる。

「そこに控えている者は誰だ」

「朝倉攻めで、殿をご案内いたしました熊谷でございます」

「ああ、あの時のものか。熊谷、甥の秀次に仕えぬか」

秀吉は機嫌が良い。

「ありがたき幸せでございます。喜んでご奉公させていただきます」

まもなく竜子らは誓願寺に戻った。

翌天正十二年、秀吉は高次を探し出し、竜子の願いを叶えて近江国高島郡田中郷において、二千五百石を与えた。

同十三年、秀吉は関白となった。姓を豊臣と改め、関白豊臣秀吉と名乗り、大坂城も完成した。竜子は誓願寺を離れる朝、勝俊に言った。

「今日から勝俊は木下家の人です。おねさまを母上と思い、大切にしなさい」

「かしこまりました」

「くす、では参りますか」

竜子は教山上人に見送られ、迎えの駕籠に乗り、大坂城に向かった。竜子は大坂城の西の丸に住み、西の丸と称された。

二年後、秀吉は京都堀川通りに聚楽第を築き、その周辺に諸大名を集め住まわせた。竜子も聚楽第の周辺西洞院に屋敷を構えて移り住んだ。

竜子の弟・京極高次は高島郡大溝城に移り、禄高も一万石となった。秀吉の勧めにより、茶々、初、江の三人娘の一人、初を室に迎えた。

あけて天正十六年四月十四日、後陽成天皇の聚楽第の行幸に、高次は騎馬にて供奉した。その雄姿を、今は亡き父高吉に見てもらいたかったと感慨にふけりながら、竜子は高次の姿を目で追った。

秀吉は、京都市街の改造にとりかかり、洛中に散在している寺院に強制移転を命じ、誓願寺も移転することになった。教山上人に帰依した竜子は、

「上人さま、移転に際し私が援助いたします。立派な伽藍を建造いたしましょう」

と、支援を申し出た。

「西の丸さま、ありがとうございます」

「ご本尊の阿弥陀さまに、お助けいただいたお礼です」

幸い女人往生の寺ゆえ、多くの大名夫人も誓願寺に参詣しており、竜子が施主となって三条寺町（中京区新京極）の境内六千余坪に、大きな堂塔の建立がはじまった。

竜子に、おねと親しい前田利家夫人の松が、

「女人往生を願って、各大名夫人で勧進するよう声をかけてみます」

と、勧進を買って出た。

その甲斐あって、誓願寺奉加帳によれば、来迎之柱・民部法印御簾中（前田玄以夫人）、来迎之柱・羽柴筑前守御簾中（前田利家夫人）、柱一本は御茶々様、大津様御局（初）、岐阜宰相御簾中（江）、慈光院様（佐々成政後家）、加賀殿（前田利家女摩阿）などのほか、二十八名の御簾中が寄進した。

慶長二年（一五九七）三月、豪壮な伽藍が落成し、大覚寺二品法性を導師として落成法要が盛大に行なわれた。

誓願寺再建中の天正十七年（一五八九）、若葉の香りもさわやかな朝、侍女のくすが竜子

の部屋に来て報告した。

「関白さまに、鶴松さまがお生まれになられたそうです」

「それはおめでたいこと。お生母さまはどなた」

「茶々さまです」

「えっ、茶々。それじゃ胡佐麿殿はどうなさるのかしら」

昨年、秀吉は子供が授からないと思い、後陽成天皇の弟宮胡佐麿を豊臣家の後継者にしていた。関白の職を譲るつもりであったが、実子鶴松が生まれたことにより、胡佐麿は縁組を解消され、別家八条宮を設立し、八条宮智仁親王を名乗った。

ところが三歳になった鶴松が病死した。秀吉の悲しみは尋常ではなかったが、文禄三年(一五九四)八月三日、再び茶々が秀頼を出産した。

「鶴松さまが亡くなられた時、お世継ぎを諦め、関白職を甥の秀次さまに譲られ、太閤殿下となられたのに、秀次さまはどうなるのかしら。くす、熊谷のことが気になりますね」

竜子は、秀次の家臣となった旧臣熊谷直之の身を案じた。

「さようでございますね。関白職を秀頼さまにお譲りなさるでしょう」

「あの勝気な茶々が黙っていないわね」

秀吉は、茶々のために淀城と名づけた城を築き、茶々は淀殿と称された。秀吉はさらに伏見城を築城し、竜子は伏見城の松の丸に住むことになり、松の丸殿と称された。聚楽第には関白秀次が入った。

　翌四年七月、秀吉は突然、秀次の関白の官職を剥奪して高野山に追放し、切腹を命じた。その首を三条河原にさらし、同じ河原に秀次の妻妾たちとその子女三十数人の首を刎ねた。熊谷も秀次に殉じ自刃した。

　数日後、竜子は伏見城でそのことを知った。

「くす、熊谷の自刃は、殺されたようなものね」

「そうですね」

「きっと、茶々が秀次殿を乱行に走らせるよう、仕向けたにちがいない」

　竜子は、悲しみの苛立ちを淀殿に向けるのであった。

　太閤殿下豊臣秀吉は、帰依していた真言宗の醍醐寺（京都市伏見区）第八十代座主・義演に、五重塔の修復を命じ、五重塔の修復を待って、慶長三年（一五九八）三月十五日、醍醐寺で盛大な花見の宴を催した。席上、竜子は、淀殿の横柄な態度にふと熊谷の顔が浮かんだのか、秀吉より受け取る盃の順番を、淀殿と争う意地を見せた。

　豪華絢爛の花見の宴より五ヵ月後の八月十八日、秀吉は伏見城で薨去した。北政所（おね）は落飾して高台院と称し、法体名を冠した高台寺で余生を送ることになった。

竜子も、落飾して寿芳院と称し秀吉の冥福を祈った。以前に目を患った際、母の京極マリアと有馬温泉に湯治を勧めた秀吉の優しさが思い出された。

また、木下家の養子に差し出した武田元明との間に生まれた勝俊が、生誕の城でもある後瀬山城を、秀吉から与えられており、竜子は、先の醍醐寺の花見の宴で、その嬉しさを詠んだ和歌を思いおこした。

あさ霞春の山べにたち出て
　思もう事なき花をみるかな

秀吉死後わずか八ヵ月後の慶長四年閏三月、秀吉の遺児秀頼を託されていた前田利家が、秀吉の後を追うように他界した。

そのために、世情が不穏な動きとなってきた。竜子は弟京極高次が居城、大津城に身を寄せることにした。

竜子は大津に移る途中、誓願寺へ参詣に立ち寄った。驚いたことに、落飾して芳春院と改名した前田利家夫人松も参詣にみえていた。

教山上人より、意外なことを聞かされる。

「芳春院殿は徳川家康殿の人質となり江戸へ赴かれるそうです」

「えっ、芳春院さまが－、また戦国の世に逆戻りするようではありませんか」

竜子は、珍しく怒りを込める。

「長男の利長は、徳川家康殿より人質を要求され、拒んでいましたが、前田家を守るために、江戸に参ります」

芳春院はさばさばと話す。

「女は、波にまかせ浮きつ沈みつつ、まるで流れにもてあそばれる舟のようですね」と、竜子が話すと、

「そうね、お互い荒波に翻弄されつつ生きてまいりましたね」と、芳春院は竜子の生涯をも汲みとって話す。

二人は秀吉時代を懐かしむかのように暫し語っていたが、

「美しい音のする梵鐘を鳴らして行きましょう」

と竜子は声をかける。

「そうね」

と、鐘楼の方に向い、芳春院は梵鐘を見上げ
「梵鐘に天文十四年（一五四五）の銘が刻まれてありますね」

「あら、私たちが生まれる前からの梵鐘ね」

お互い、梵鐘の美しい響きの音色を心に刻み、それぞれの行くべき道へと歩む。

竜子が誓願寺より大津城に到着したころ、大坂では細川忠興夫人ガラーシャ（玉子）も、時代の波に翻弄されていた。

豊臣秀吉の重臣だった石田三成は、前田利家生存中より、徳川家康の打倒を計画しており、徳川方になびく武将の妻子を、大坂城に人質にすることにしていた。

その際、家康方の細川忠興の妻にも、石田三成より大坂城に来るよう再三勧告されていた。しかし、ガラーシャは夫忠興が徳川方の味方であることを知り、家に火をかけて自害した。

慶長五年九月十五日、徳川家康と石田三成が東西に別れ、関ヶ原で合戦を起こした。

一週間前の七日、竜子が身を寄せていた高次の居城大津城が西軍に取り囲まれ、西軍の攻撃で城壁は悉く打ち破られた。大筒が城内に撃ち込まれ、地響きとともに城内が揺れ動き、高次の侍女が爆風に吹っ飛ばされ即死した。その場にいた竜子も一瞬気絶したものの、すぐに立ち直ることができた。だが大津城は数日間死守されたものの、味方の討死は多く、十四日になって竜子はくすと二人で大津城を必死の思いで抜け出した。高次も翌早朝、城を明け渡し、宇治方面に逃亡した。

大津城の落城をまっていたかのように、関ヶ原の合戦が始まり、激しい戦闘が繰り広げられたが、合戦は木下勝俊の義弟・小早川秀秋の寝返りによって東軍の勝利に終わった。

元明と竜子の子勝俊は、家康の家臣鳥居元忠と伏見城を守っていたが、後に失脚。合戦後、家康は、秀吉が勝俊に与えた若狭国を、大津城籠城の功績により、高次に与えた。高次は勝俊の居城後瀬山城を廃し、雲浜に新しく小浜城（雲浜城）を築城した。妻の初は後、小浜に妙心寺派の常高寺（小浜市）を建立した。領地を没収され浪人となった勝俊は和歌に長じていたため、長嘯子と名を改め風流人として東山霊山に移り住み、叔父・甥で明暗を分けた。

母の竜子は、施主として再興した誓願寺に隠棲した。侍女のくすは、秀吉に頼んで三方湖畔の湖岳島にあった廃寺の宝応寺を曹洞宗・竜沢寺（美浜町金山）と改め再興しており、若狭に帰ることにした。

「寿芳院さまと初めてお目にかかった時でした。熊谷さまが廃寺の宝応寺の説明をなさっておられました」

「当時の熊谷の顔を思い浮かぶわ。若狭に戻ったら、小浜城の高次を尋ねなさい」

「ありがとうございます。では寿芳院さま色々と、お世話になりました」

くすは、誓願寺の境内に咲き誇っている数株の紅梅を眺めながら、誓願寺を後にした。

東西に分かれて戦った関ヶ原の合戦に勝利した徳川家康は、慶長八年（一六〇三）二月、征夷大将軍となり、豊臣秀吉から関東八州をあたえられていたその地で江戸幕府を開いた。

徳川家康は豊臣秀吉の存命中に、秀吉の遺児秀頼と、徳川秀忠とお江の方の長女千姫の縁組を決めていた。慶長八年七月、その約束通り千姫を輿入れさせるなどして、東西は平穏であった。

また、京極家でも千姫の妹初が誕生してまもなく、家康の勧めで、高次の子忠高の嫡母初が養育し、後に忠高の室となる。

慶長十一年、忠高は従五位下侍従に叙任し、若狭守となった。その二年前には、お江の方は男子（三代将軍徳川家光）を出産しており、京極、豊臣、徳川の三家が硬い絆で結ばれたようである。

そんなある日、竜子は大坂城に淀殿を訪ねた。久しぶりの大坂城とあって、懐かしく城内を眺めながら淀殿の待っている部屋の方へと、廊下を歩いていくと、淀殿は遅しと思い出迎えていた。

「松の丸殿、お久しぶりですね、さあ、さあ、どうぞ」

淀殿はつい、呼びなれた通称で竜子をうながす。竜子は早速、

「大津城を攻められた折に、饗庭《あえば》局を大津まで救援に差し向けられ、ありがとうございました。お陰さまで無事に京へ逃れることができました」

と淀殿に礼を述べると、横から
「北政所さまよりの、孝蔵主さまと二人で、なんとかお助け出来ました」

と、淀殿に仕えている饗庭局が当時を説明する。

「こうして、大坂城内でお目にかかれるとは夢のようでございます」

竜子は、関ヶ原の合戦の前夜大津城で、大筒に驚き失神した後、大津より誓願寺まで逃れたことなど思いおこしながら、その時の様子を淀殿に話す。

豊臣秀吉が他界してからの竜子は、淀殿に何のわだかまりもなく、二人は秀吉時代を懐かしむかのように語る。

「秀吉殿が関東の北条氏を攻めるために、小田原の出陣に二人ともなわれて参りましたね」

竜子が話すと淀殿も
「そうそう、思い出すわ、陣中でお茶会などして、のんびりとしていましたね、その場所を一夜城と云われるようになりましたね、それから、秀吉殿は日本国を統一された後、大陸政策を企て朝鮮出兵の指揮をとる陣営の、肥前名護屋（佐賀県東松浦郡鎮西町）にもまいりましたね」

「他の側室より二人は秀吉殿に優しくしていただきましたもの」

「うふふー」

「うふふー」

二人は楽しかったことを思い出したのか、楽しそうに思い出し笑いをする。

「淀殿は名護屋の陣営で、秀頼殿を懐妊されたのでしたね」

「そうね、それはそうと、高次殿が、わざわざ大坂城まで来て下さいますよ」

「さようでございますか、高次は淀殿と秀頼殿のことを心配しているのですね」

「たびたび、秀頼とわが身にも文が届きます」

淀殿はさらに、

「先日、嬉しくてそのお礼状を差し出したところです。若狭守（忠高）殿からも文が届いておりその返事も同封しておき、高次殿に、いずれまた大坂城へおいでるようお待ちしておりますと書いておきました」

淀殿はやはり、従兄妹の高次の来訪や、手紙の届くことが嬉しいと見え、竜子の来訪もさぞ嬉しかったのか、手紙の内容まで竜子に話す。そればかりでなく
「伊勢・慶光院（伊勢神宮）の内宮の宇治橋の架け替えを、次回の遷宮までに、秀頼の寄進で行うようにしており、慶光院殿へも文を出し、お江が男の子を出産したことも嬉しかったので、その嬉しさも、書いておきました」

「それはようございました」

淀殿は、やはり長女として母親の代わりに妹の出産を喜んでいたようである。竜子も嬉しかった。

竜子の帰りぎわに、淀殿より意外なことを聞く。

「狸親父の家康は将軍職を秀忠に譲り、その祝いに秀頼に江戸城に来るよう勧められておるが秀頼を行かすものか」

淀殿が拒み続けていることを知り、竜子はいやな予感を覚えながら、大坂城をあとにした。

二人はその後、再び逢い見えることはなかった。

大坂城より帰ってまもなく若葉の香りもさわやかな季節となる。竜子は木々の青葉が目にしみる誓願寺の庭を散策していた慶長十四年（一六〇九）の五月三日、小浜城からの早馬が門前に止まった。

弟の高次が小浜城の完成間近にして、小浜城で病死したとの通知だった。その知らせを受け取った竜子は、よろよろと崩れ嘆き悲しむ。季節は若葉の頃ではあるが、竜子の心は秋風落果の想いであった。

淀殿が高次の来訪を喜んでいただけに、淀殿の今後の相談相手に、高次がなってあげられたものと竜子は悔み、誓願寺の御仏に、高次の往生安楽を願い、手を合わせる。

ふと、竜子は高次が京極家の嫡男として生まれてまもない時、高次の柔肌をなでた感触を思い出す。

「高次は源氏ぼたる、姉を秀吉殿の側室に差出し、京極家の再興を果たしたなどと、いらざる噂をささやかれもしたが、高次は名門京極家の安泰を見届けて、黄泉の国に旅だったのであろうよ」

と、竜子は一人呟く。

関ヶ原合戦前夜、家康方に加担していたが、大津城を西方に明け渡したことがあった。

「今一二日を待ち得ず城を開けて立ち退きぬ。されば、高次いましばし城をたもちたらんには、近江一国をば賜うべきものなり」

と、家康に惜しまれていたということを、高次が話していたことがあった。

宰相京極高次の遺領九万二千石は、嫡子若狭守忠高が領した。

慶長十六年（一六一一）、高瀬川の開墾工事を進めていた豪商・角倉了以は、工事が三条河原に差しかかったとき、草に埋もれ荒廃した塚に詣でた。塚は十六年前、秀次に連坐して殺された人々が穴に埋められ、その上に築かれたものだった。了以は、殺された人々の菩提を弔うため、浄土宗西山派の僧・立空桂叔和尚と相談の上、寺を造ることにした。

そのことを知った竜子は大いに喜んだ。

「寿芳院さま、角倉殿より秀次公の法名を依頼されました。如何かな」

教山上人は、竜子に秀次の法名を示した。

「瑞泉寺殿高巌一峰道意」

「新たに贈られるのですね」

三条大橋の西南にある塚の頂上に、秀次の首を納め「石びつ」が据えてあった。その場所（現中京区木屋町）に山号を高瀬川を往来する船に因んで慈船山、法名を冠して瑞泉寺と名付けて建立した。《昭和十八年、女性たち三十九名と秀次に殉じ自刃した熊谷大膳（直之、法名教雲院殿）外九名、合計四十九基の五輪塔が造立された》

戦乱は、なお続いた。大坂方の秀頼、淀殿親子と徳川家康が戦った。今は亡き高次の妻常光院（初）が姉の淀殿に、和議を勧めたが、淀殿はとり合わず、元和元年（一六一五）秀頼、淀殿は大坂城中にて自害、秀頼が愛妾に生ませた国松は京都六条河原で斬られた。

豊臣家に恩顧を感じていた竜子は、誓願寺の策伝上人に、

「国松殿の亡骸を葬ってあげたいのですが」

と、依頼した。

「かしこまりました。亡骸を引き取りにまいりましょう」

「ありがとうございます」

国松の亡骸を六条河原より引き取り、誓願寺の塔頭竹林院に葬った。竜子は、国松の墓所

に朝夕経を唱え、お守りする日々を過ごした。

翌年十月二十一日、教山善誉上人が入寂した。竜子は教山上人に帰依していただけに、悲しみはひとしおであった。

その悲しみを打ち消すかのように、策伝上人は竜子にとって嬉しい話を伝えた。

「丹後宮津城の京極殿の姫さまが八条宮智仁親王さまにお輿入れ遊ばすそうです」

「まあ、姪の常子が、なんと嬉しいこと。京極家は恐れ多くも天皇家と縁戚になるのね」

常子は、竜子の次弟高知の娘で、高知は関ヶ原合戦後、丹後宮津城を与えられていた。

八条宮智仁親王は、桂離宮を造営していたが、普請半ばにして、智忠親王、梅宮（本願寺十三世良如室）、良尚親王（曼殊院　天台座主）らの子を残して他界し、常子妃は常照院と称することになった。

普請中の桂離宮はその後、智忠親王に加賀藩主・前田利常の冨姫が嫁ぎ、前田家の援助によって完成した。

八、夕陽《せきよう》

金木犀の甘い香りが、どことなく漂ってくる晴れた日、

「寿芳院さま、お菊さまという方が、寿芳院さまを訪ねてこられました」

「えっ、お菊がー」

竜子は、淀殿に仕えていたお菊が生きていたのかと喜ぶ。

「お菊をこちらに通して頂戴」

「はい、かしこまりました」しばらくすると、誓願寺の僧に案内されてきたお菊は、竜子の顔を見るなり
「寿芳院さまー」と声をかけ涙ぐむお菊を、竜子はしっかりと抱きしめる。

お菊の祖父が浅井長政の家臣だった縁で、お菊は淀殿に仕えていた。

「さあ、さあ、疲れたでしょうこちらへ」

竜子はお菊を奥の間に通し、

「生きてこられて良かったね」

「はい、逃げる途中ゆすりに出会いました。少し小金がありましたので渡し、父の仕えている藤堂さまの陣地へ案内させようとしましたところ、運よく、そこへ、常光院さまのご一行がお通りかかるところでしたので、菊はその行列に入り従い、守口まで逃げました」

「そうだったの、若狭で秀吉殿の追っ手から逃げたことがありますから、大変だったことが手にとるようにわかります。それからどうしたの、どうして、誓願寺に来ることが出来たのですか」

竜子は不思議そうに尋ねると、お菊は竜子に大坂城脱出後の様子を話す。

「守口より京都へ逃げ、知り合いの町人に宿を頼みましたが、大坂方の落人ということで、断られました。そこで、織田頼長さま（信長の弟織田有楽の男）の屋敷のあやしげな二階に、四、五日かくまっていただきました」

「寿芳院さまに、お仕えしようと思いたち、寿芳院さまにご奉公出きるようお願いしましたところ、徳川さまよりお許しが出まして『どこへ云っても良い』というお達しが届き、勝手なことを申しまして、お許しくださいませ」

「いいわ、話相手が出来て良かったわ」

お菊はさらに、秀頼より鏡をいただいていたこと、また、千姫が幼くして秀頼に嫁ぎ、大坂城で成人となり、そのしるしの垂れ髪を切る「びんそぎ」を千姫のそばで見ていたことなども話す。

二十歳になったばかりのお菊は、なかなかしっかり者であった。大坂城内に火の手のあがったのを見て、すぐに城から脱出してきたと竜子に話していたが、実は大坂の陣が起こる前に、京都の月心という和尚に、近々お暇をとることになっているので、と嘘をつき、身の回りの着物などを城外へ運ばせていた。落城の折は、帷子を三枚着込んで、帯を三本もしめ、秀頼に貰った鏡と、竹筒につめてある金銀を懐に隠して逃げていた。

お菊はそのようなことを、竜子には口に出さなかった。

竜子に仕えるようになったお菊は
「寿芳院さま、菊の実家山口家の先組は、京極さまにお仕えしていたようです」

「そう、北近江は京極の領土でしたもの、そうでしょうね」

「寿芳院さまにお仕えさせていただくとは光栄でございます」

「嬉しいわ」

「ところで、大坂落城のとき千姫は無事助け出され、千姫に従っていた響庭局は無事だったそうよ」

「さようでございますか、皆様ご無事でなによりでございました」

竜子は響庭局が無事で安堵したが、響庭局の夫浅井政高は城内で戦死したことを知る。響庭局は浅井明政の娘で従兄妹同志の結婚であった。響庭局の子浅井直正は、母親とともに千姫に従って無事であった。

浅井直正はのちに、浅井の姓を三好と改め、家光将軍の御小姓となる。

竜子は話し相手が出来て嬉しいのか、次々と立て板に水を流すようにお菊に話す。

「響庭局は、その後、お江の方に仕え海津と改め、海津の妹も近江局と称し、お江の方に仕えているそうよ」

天下統一に成功した徳川家康は、秀忠に将軍職を譲り、天皇家と公武和合の意味で、千姫の末の妹、松子姫を、後水尾天皇と政略結婚させることを内定してまもなく逝去した。

その後、松子姫の入内は、後陽成天皇が崩御されるなどで伸び伸びになっていたが、元和六年（一六二〇）六月十八日、和子と改名して、二条城より入内とようやく決定した。

二条城より御所までの道は綺麗に整備され、途中の戻橋を萬年橋と改める。二、三日前より二条城から御所までの、家並みの門々は蔀《しとみ》格子をはずし、錦繍の垂れ幕並びに絵が書かれた簾をかけ、玄関を飾りつけ、行列の当日を待っていた。

式の当日は、前日より降っていた雨もあがり、沿道には多くの見物人が集まってきた。

お菊は竜子の許しをこうて、和子姫の入内の美々しい行列を見物してきた。その様子を竜子に興奮ぎみに語った。

「最初はご婚礼の調度品を運ぶ長い列のあと、上臈、中臈以下の女性《にょしょう》の乗った輿、次にお公卿さんの行列が続きました。少し見物に疲れたころ、鉄のような棒を持った人十人が、二列になって『下にー、下にー』と掛け声が、高らかに聞えて、そのうしろから、今度は雅楽の演奏が聞えてまいりました」

「その音で見物の疲れも、吹っ飛んだでしょう」

「はい、次に二列に並んだ騎馬兵が、馬の蹄も静かに進んできたかと思ったら、前後の間を隔てて、一騎堂々と京都所司代職をなさっておられる周防守板倉重宗さまが、大理職に準じられ進んでまいられました」

「板倉さまは、大理職いわゆる検非違使の別当職に準じられたのですね」

と竜子が説明すると、お菊はさらに、

「いよいよ、牛二匹に曳かれた和子姫の、金銀梨地に高蒔絵のほどこされたお車が、目の前をお通りになられ、頭を垂れておりましたが、お車の簾より蘭麝の香りが、四方に馥郁《ふくいく》と漂ってまいりました」

お菊は興奮冷めやらぬように話していた。

竜子はその美々しい行列の光景を聞いていると、ふと、今は亡き浅井家出身の母京極マリアに見せてあげたかったと思う。その日からまもなく、お菊に備前国（岡山県）の田中某との縁談話が持ちあがった。竜子は、まだ年若いお菊をいつまでも側に止めることも出来ず、お菊を田中某のところへ嫁がせた。

その後の備前でのお菊は、孫にも恵まれ、大坂落城の際の体験談を、折あるごとに孫たちに誇らしげに語るなどして、幸せな余生を送ることが出来た。

後に、岡山藩の藩医になっていたお菊の孫田中意得が、祖母から聞いていた体験談を、備前の住民に話し伝えた。

その話を聞いた住民の一人が、「おきく物語」として一冊の本にまとめて江戸時代に人気を呼び、現代まで語り草となっていく。

賑やかだったお菊が去ったあとの竜子は、誓願寺でいつものように、静かな余生を送っていたところ、武田の宮川尼の甥、細川忠興が病気のため隠居したとの知らせが届いた。

竜子が、若狭国の武田元明の元に嫁いだとき、初めて若狭国で宿をしたのは、細川忠興の母麝香の実家である熊川城主沼田家であった。

夫元明と不運な死に別れをしてからは、麝香の夫細川藤孝（幽斉）が武田の宮川尼の弟であった関係で、娘の竜子を細川家で養育してもらった。その娘は成長して細川藤孝の養女となって、細川家の重臣松井康之の嫡子松井興長に嫁いだ。松井康之は、幼い時に足利義輝に仕え、後に細川藤孝の重臣になっており、生母竜子にすれば申し分のない縁談であった。

しかし、関ヶ原の合戦前後の細川家は、苦難重畳の時代が続いていた。関ヶ原の合戦前夜に自刃した忠興の室ガラーシャは、竜子の夫武田元明と従兄妹の間柄でもあり、竜子にとっても、他人事のように思えないのであった。

ガラーシャが自害した時は、三男の忠利は、徳川の人質になっており、長男忠隆の妻千代（前田利家と芳春院の娘）は、宇喜多秀家の屋敷に逃亡していた。宇喜多家は豊臣秀吉の養女になっていた千代の姉豪姫の嫁ぎ先であった。

合戦後、忠興は千代の逃亡を、

「いかに女の身であろうが、姑の自害を見捨てて逃げるとは覚悟が出来ていない嫁だ」

と、忠隆に千代と離縁せよと命じた。

また、合戦当時忠興の母麝香も、田辺城籠城の折は具足を身につけ、城内を夜回りし士気を鼓舞していたと、竜子は聞いていた。それにくらべ、竜子は大津城で失神したことを恥じる。

細川忠興は関ヶ原の合戦後は豊前（福岡県）に転封となる。

忠利は人質を解かれたが、変わりに次男興秋が江戸に赴くことになる。興秋は江戸に下る途中逃げ出して、大坂城の豊臣秀頼を頼って大坂城に籠った。

そのことが発覚すると、忠興は烈火の如く怒り興秋を自殺に追いやった。そして、興秋の代わりに従兄弟の長岡重政を人質に出した。

慶長十五年八月二十日、忠興の父幽斉が他界し、麝香は落飾して法体名光寿院と改名する。徳川家康は細川家が大坂城の淀殿の味方になることを恐れて、光寿院は翌年長岡重政の代わりに人質となった。

元和四年、光寿院は江戸で他界したために、今度は代わりに、側室の子興孝が人質とされた。

細川家は、徳川に次から次と人質を要求され、母が人質先の江戸で他界したことを苦にして思い悩み、忠興は隠居を決意したのではないかと、竜子は思う。

元和七年、忠興は豊前国小倉城三十九万九千石余りを、三男忠利に譲り、父幽斉・宗旨同様落髪し、三斉・宗立と号し中津城に退隠した。

実は幽斉・細川藤孝には、わずか一年足らずで、天正十年（一五八二）に急死した菊堂と名付けられた男子がいた。細川家では菊堂の生前の姿を描かせ、その讃を宮川尼の次男英甫永雄が、叔父藤孝の依頼で讃詞しており、画像は宮津の盛林寺（現宮津市字喜多）に残されている。

その後、英甫永雄は天正十四年、京都五山の一つ建仁寺二九二世の住職となり、文禄三年（一五九四）には南禅寺の住職にもなる。

英甫永雄の大叔父、建仁寺二八二世、潤甫周玉は玉長老と略して称されていた。英甫永雄も雄長老と略す。

同寺二八七世春沢永恩も若狭武田家一族であり、武田家より京都五山の禅僧が多く、文化面でも知られる。

文化人武田家に血を引く雄長老も連歌、和歌にすぐれ、とくに狂歌が名高く、また、後の儒学者林羅山が、剃髪し道春の名で建仁寺の僧をしていた時、雄長老は羅山の学問に、多大な影響を与えたという。長嘯子も雄長老、林羅山と親しく交流していた。雄長老は誓願寺の策伝上人とは文化交流で親しくしていた。

元和九年（一六二三）、策伝上人は、竹林院に隠棲し、安楽庵を設けて風雅文化に余生を送った。策伝上人とは二歳年下の竜子も、そろそろ従心の年を迎え、西洞院の自邸で過ごした。

晴れたある日、竜子は安楽庵を訪れると、策伝上人は、京都所司代板倉重宗の依頼で、『醒睡笑』八巻を纏めていた。

「『醒睡笑』って、何をお書きになったのですか」

竜子が訪ねた。

「小僧の時から、耳に触れていた面白おかしいことを書き留めていたのです。これにおのずと睡《ねむり》を醒まして笑うという意味で名付けました」
「おもしろそうね」
「寿芳院さまのご親戚のことも書いておりますぞ」
「あら、どこに」

細川幽斉公の姉御前に、宮川殿とかいうて建仁寺の内如是院というにおわせし事ありき、長岡越中殿より大津にて米百石まいらせする由の文を見たまいて、その返事に、

御ふしんのやくにもたたぬ

この尼が

百のいしおばいかでひくべき

とありしを、げにことわりやと即車にておくりたまいし

将軍さまに対し石田治部少輔心がわりし、関が原陣にかけまけ捕人となり、頭をはねられし時、雄長老

大がきの陣のはりようへたげにて

はやまくれたるじぶのしょうかな

「宮川尼の大叔母さま、細川幽斉（藤孝）さまは亡くなられましたが、八条宮さま、上人さま、それに長嘯子も幽斉さまから、古今古典文学などを伝授されていましたね」

「さようでございます、雄長老さまとも交流を深めていました。これも一重に寿芳院さまの人脈のお蔭でございます」

「そういうことはございません、上人さまは茶人武将の金森長近さまの弟さまでいらっしゃいますし、金森宗和さまは御室焼の野々村仁清を指導して優美な色絵陶器を造らせていらっしゃいます。金森家の血がそうなっているのですよ」

「あら、平林という字はひらばやし、ひょうりん、へいりん、たいらりん、ひらりん、ひょうばやしと何通りもの読み方があるのね」

竜子は笑い転げた。

「久しぶりに笑ったわ」

『醒睡笑』は後に落語のもとになった。

暦が寛永と改元された三年（一六二七）、従姉妹のお江の方の逝去の知らせが、竜子の元に届いた。竜子は数奇な運命を辿ったお江の方への思いが、

「お江の方は秀吉殿によって、三度の結婚を強いられ、三度目の結婚で将軍の御台所となり、結局は織田家、浅井家の血脈が最後に天下人になったようだわ」

と呟き、悲しみを打ち消す。

寛永六年、竜子は長嘯子とともに、京都西洞院の竜子の屋敷で、正月を迎えた。

竜子はふと、目が覚めたように、突然長嘯子に、

「そういえば、長嘯子は関ヶ原合戦の時は豊臣秀頼さまの下知で伏見城の留守を守っていたのでしたね」

「はい、その時伏見城にいたのですが、東西の両方から不審の眼で見られると案じ、伏見城をでて高台院さま（おね）がおられる高台寺をお守りしておりました」

「高台院さまのお陰で、今日の長嘯子がいるのだから、お守りするのは当たり前ですよ」

「後瀬城の所領は失いましたが、こうして風流人のほうが楽しい」

「でも、天祥院（長嘯子の娘）が、徳川家康さまの五男の武田信吉さまに縁が決まった時、家康殿より長嘯子に江戸幕下の臣になるよう勧められていたのを、固辞したとは残念でした」

「折角でしたが固辞し、歌で心底を申しました」

「どのような歌ですか」

長嘯子はそれに答え、その時の歌を母竜子に聞かせた。

身のうきは世のさがなれや
　亀山の
石がき沼に尾を引まほし

「もし仕官すれば、三四万石を賜るのでしたね、それにしても、婿殿の信吉さまは、早くにお他界されました」

武田信吉の生母下山殿は、武田信玄の姉の孫で、信吉九歳の時に母が亡くなり、母の姉穴山梅雪の未亡人見性院に養育された。以後武田の姓に改称し、関ヶ原の合戦後、水戸城二十五万石を領していたが、病気がちであったらしい。信吉は慶長八年没する。その年に生まれた弟頼房が、信吉の水戸領を相続した。

「長嘯子の男子も、彦根藩主の井伊直孝さまに、萩雲平と姓を変えて仕えていますね」

「禄高二百石て仕えており、安心しています」

萩雲平の子孫は代々井伊家に仕える。

「母上、そういえば昨年、発心寺（小浜市伏原）へ行って武田元光殿の画像を拝見してまいりました」

発心寺は若狭守護武田元光が、大永元年（一五二一）に創建の寺であり、元光は晩年この寺に居住していた。武田元光は竜子のかっての夫、武田元明の尊祖父であるとともに、雄長老の祖父でもある。

竜子は久しぶりに若狭国の寺院の名前がでて、

「発心寺に元光さまが、後柏原天皇に、境内にある梅の枝を一枝手折って、献上された時、

持つ人の手折りの梅は
　　若狭なる
　後瀬の花の色しろければ

と天皇が綸旨されたという、梅がありましたよ」

竜子は懐かしむかのように話す。

「そういえば、境内に古木の綸旨の梅の木がありました。ところで、画像に英甫永雄殿の讃詞で、『天正第二歳とあり、祖父発心寺殿犬追物検見の像、需著予讃詞』と讃してありました」

「思いだしたわ、そなたの父上元明さまが一乗谷の朝倉家の人質より戻られた時でした、秋山という方が、雄長老さまの祖父の画像を画家に描かせ、讃を求められたことを、神宮寺で

元明さまにお話しておられました」

「雄長老殿の父君信高殿創建の龍泉寺（小浜市新保）にも行ってまいりました」

竜子は、若狭国を離れてから数十年の霜月を過ぎているが、やはり、武田家ゆかりの寺院のことは、鮮明に覚えており、

「たしか、龍泉寺にも雄長老さまが、大功文政和尚さまの画像に、讃されたのがあるはずです」

龍泉寺は天文十年（一五四一）、武田信高が建立、開山が大功文政和尚である。文禄三年（一五九四）、和尚が示寂後の十九年目に描かれた画像に、英甫永雄が讃詞を記している。

「母上、その画像も拝見して参りました」

「そう、雄長老さまは若狭の故郷に讃詞の足跡を、いくつも残されているはずですよ」

「戦乱で父上を失ってからは、武田家の城はありませんが、文化人として武田の名跡を残したいです」

長嘯子は武田家の誇りを覗かせているようである。

「雄長老さまは、入寂の前日にお書きになった、自画自賛の讃詞が建仁寺にありますね」

「はい、建仁寺大統院で拝見させて頂いたことがあります。曲彔に掛けてある法被は、大きな菱形模様の中に絵柄が描かれており、緑色の部分に花菱か描かれていました」

「花菱は武田家の紋ですから菱形模様は武田家の紋を形とっているようです。雄長老さまは、武田家ここにありという感じがしますね」

雄長老の讃詞は画像の上に、『中興光武　復生揚雄　喚呼不答　如唖如聾　慶長壬寅　季十五前住建仁　後住南禅　十如禅院　中興開基　武牢永雄　自画自訂』これら四文字ずつ左へと書かれており、永雄をようゆう（揚雄）と呼ぶと記し、武田家の先祖が建立した十如院を中興開基したこと、建仁寺に十五年住侍し、のちに南禅寺にも住していたことなど、慶長壬寅（七年）、入寂寸前に記した自伝が、遺讃となった。

長嘯子は母と武田家のこと、後瀬城のことなどの思い出などを、語りあっていたが、京都の文化人との交流で忙しく、夜が更ける前に帰った。

その年の暦もめくられ、竹林院の策伝上人から、竜子に見せたいものがあるからと、お声がかかり、竜子はおぼつかない足取りで竹林院へ伺うと、上人は柔和なお顔をして、なんだか執筆中らしく、部屋に入ると、

「寿芳院殿、さあ、さあ、こちらへ」と、促される。

「あら、また、何かをお書きになってらっしゃいますの」

と竜子が声をかけると、上人は筆を休めて

「長嘯子殿から、寿芳院殿は椿の花がお好きだとお聞きしていましたので、これを見ていた

だきたくてお呼びしました」

「何でしょうか」

上人はやおらと、執筆中の「百椿集」を竜子に手渡す。

「白玉椿にも三光、朧月、難波潟、瀧の白糸など二十種類、赤椿は二十五種類、緋玉垣、唐錦、元和、和田の原など素敵な名前がありますこと、あら腰蓑は『赤き大輪。………是ハ加賀能登越中三ヶ国ノ太守。前田肥前守殿幕下ノ臣。本田安房守ノ本ニ有シゾカシ』芳春院さまのご子孫の家臣の家ですね」

「左様でございます」

「あら、赤椿に『此ハ嵯峨の角倉与一。不思議ニ求得テ栽置シ木成』角倉椿がありますこと」

「百椿集」にその外、咲分、咲交、飛入之分三十八、薄色の分四、紫椿の分二、替物の分十一、にそれぞれ名前をつけてあるのを、竜子は興味ありげに読み終えると、

「上人さま、『白玉椿ノ八千歳ト賀する物』と書かれており後瀬山の麓に咲き誇っていた白椿と謡曲『氷室』を思いだします」

「花の名の白玉椿八千経て、緑にかえる空なれや。春の後瀬山の山続く」

と、策伝上人は一節を謡うあいだ、竜子は夫武田元明の若き武将姿がよぎった。二人の間に生まれた長嘯子は竹林院で、松永貞徳らの文化人と歌会を、策伝上人も交えて開いている

ことを聞き、自邸に戻った。

寛永十年、高次の室常光院が没し、翌年七月、甥の京極忠高が、小浜九万二千石より、出雲国松江藩二十四万二千石に禄高も増え転封になる知らせが、竜子の元に届いた。なぜか、日本海の水平線に沈む、真赤な夕陽の美しさをが竜子の脳裏に点滅する。その二ヶ月後のことである。

竜子は、長嘯子が策伝上人は勿論、松永貞徳、藤原惺窩、林羅山などの文化人と交流を深め、充実した余生を過ごしているのに安心したのか、寛永十一年（一六三四）九月一日、西洞院の自邸で永眠する。策伝日快上人によって竹林院に葬られた。足利が終わり、織田信長、豊臣秀吉、家康の狂乱の世の荒波に翻弄された八十一年の生涯であった。


（完）

「利家とまつ」の姫たち

一、幸姫

幸姫は永禄二年（一五五九）六月七日、加賀藩藩祖前田利家とお松の方の長女として誕生した。利家二十一歳、お松の方十二歳であった。十二歳で子供を産むとは平成時代には考えられないが、その当時は普通であった。

父利家は織田信長に十四歳で仕え、若いころは歌舞伎者で喧嘩好きだった。槍の名人で、人が大勢集っている時に利家がやってくると、

「槍の又左（又左衛門利家の簡略）が来るぞ」と、いわれていたという。

幸姫が生まれたその月に、信長の同朋十阿弥に利家の笄が盗まれた。それを知った利家は今後の見せしめにと、十阿弥を扇子でたたきつけ怒ったが、信長に許してやれといわれその場は許した。数日後、利家は十阿弥にせせら笑われ、お松の方や幸姫の生まれたことなど忘れ、素早く十阿弥を殺害してしまった。

利家は即刻、信長より勘当され利家夫婦は乳のみ子の幸姫を連れ、ひとまず熱田に逃がれ住んだ。二年後、利家は再び信長に仕官できるようになった。この勘当されていた時期が利

家のその後の人間形成に大いに役立ったといわれる。

天正三年（一五七五）、利家は信長より越前府中（福井県武生市）の三万三千石を与えられ、初めて大名になった。さらに能登一国を信長より与えられ今度は能登一国の国主となった。信長が本能寺で明智光秀によって滅ぼされ、変わって豊臣秀吉の天下となり、加賀二郡も加増され、さらに越中国（富山県）も加えられる。

幸姫は成長して同十三年（一五八五）利家の家臣前田長種に嫁ぎ、同十六年長男長知、文禄元年（一五九二）次男長時をもうけた。

幸姫の夫長種の祖父種利は、尾張国海東郡の前田城主であり、利家の祖父利隆の兄である。いわゆる長種家は前田家の本家筋にあたる。父長定は尾張の蟹江城主佐久間正勝の家臣で、妻は織田信長の叔父織田玄蕃の娘であった。

佐久間正勝の父信盛は、信長の父信秀の代から織田家に仕え、多くの戦功をたてていたが、ある時、信長の逆鱗に触れ信盛、正勝父子は高野山に追放され、信盛はまもなく死去したが正勝は後に信長に許され、信長の次男信雄に仕えて蟹江城主になっていた。

信長の死後、天正十二年（一五八四）織田信雄は徳川家康と連合で豊臣秀吉との対立をはかり、信雄は正勝に伊勢の萱生地（四日市市）に砦を築かせ、長種の父長定は蟹江城の城代を命ぜられた。まもなく、家康、信雄連合軍と豊臣方の小牧、長久手の合戦が起こり、長定は豊臣方に寝返り、蟹江城は一時豊臣の城になったが、その後、家康軍の攻撃により、蟹江城開城となり家康と秀吉は和議のため、長定はその城で自害した。長種は前田城で防戦していたが、和議降伏により前田城を去り甥の長則とともに加賀へ逃れ、利家に仕え一万石を与えられ七尾城代となった。甥の長則は前田の姓を才村と改めて長種に仕える。

長種は利長が越中を治めるにあたり、天正十四年守山城（富山県高岡市）の城代となり二千石加増され幸姫も守山に移り住んだ。

文禄二年（一五九三）、利家はお千代保の方に、後の三代藩主となる利常を金沢城で産ませた。幸姫にとっては異母弟である。利常は生まれるなり、守山城の長種夫婦に預けられた。したがって利常を幸姫夫婦が養育し、利常は幸姫の子供と兄弟のように過ごした。

守山で岩ヶ淵の喧嘩事件が起きた。

その時の犯人二人を利長と母のお松の方は能登に配流すると決めていたのを、幸姫は一人だけでも切腹をと求め、一人を切腹に追いやっている。その事件とは、文禄四年（一五九五）四月十四日、越中岩ヶ淵での果たし合いであった。守山に居住の山崎五郎右衛門、印牧藤兵衛の両人は互いに剣術を教え、門弟が多く両流派の門弟同志の喧嘩は毎度のことであった。

ある時、山崎の門弟向井弥八郎が、稽古のため山崎宅へ行き夜中に帰る途中、印牧派の山口庄九郎にやみうちにあった。弥八郎はそのことを利長に知らせると、

「よく介抱いたせ」と、利長にいわれていた。

ところが、弥八郎が山口庄九郎方に果たし合いに行く噂が流れ、青木某がその噂を利長に言上すると、利長は山口庄九郎、その仲間で闇討ちに同道していた斉藤半四郎の両人の知行を召し上げ、上方に追放した。

このことを聞いた弥八郎は、同じ門弟の萩原八兵衛の家臣伊藤治右衛門と二人で山口庄九郎を果たし合いのために追いかけた。竹橋より近道をして、杉の瀬越えをして津幡と中条との間で待ち伏せしていた。小屋で外の様子を伺っていたところ、山口庄九郎は若者一人連れて馬に乗ってやってきた。弥八郎は「庄九郎覚えあり」と、声をかけ小屋より飛び出た。驚いた庄九郎が馬より飛びおりるところを、弥八郎は殺害した。また、庄九郎の若者が弥八郎に切りかかるところを、治右衛門が後へまわり切りつける。しばらくして、斉藤半四郎が歩いてくるところを弥八郎は、

「その方に元より遺恨はない、構わぬから通れ」

と、いったが半四郎は、

「遺恨はなくても連れの庄九郎を討たれたとあっては、武士としては見捨てるわけにはいかぬ」

と、切りかかってくるところを、弥八郎は半四郎を切り捨てる。また半四郎の家来も切っ

てかかり、一人は行方わからず逃げていった。

五人の内四人を殺害したが、弥八郎、冶右衛門は浅手を少々負っただけであった。

弥八郎は本懐を達し満足であり、守山に帰り自害するつもりであったが、帰る途中、同じ門弟の萩原八兵衛、吉田三右衛門の両人に出くわした。二人は弥八郎が上方へ出口庄九郎をおいかけて行ったことを知り、その助力のために後を追っていく途中であった。弥八郎より本懐をとげたことを聞き、お互いに喜び四人は同道して帰途につく。先に守山に逃げ帰った斉藤半四郎の従者が、印牧の門弟浅井左馬に山口庄九郎の討ち死を伝えていた。浅井左馬は同門の宇野平八を誘い戦いを挑んだ。

途中岩ヶ淵で二組にわかれて火花をちらし、ついに、弥八郎、冶右衛門の二人は討ち死した。

戦い終って、浅井左馬、宇野平八の両名は切腹をと思ったが、まず、主君の御下知次第に任せようと上洛し、顛末を利家に伝えたところ、利家は立腹し、浅井左馬、宇野平八の両人に切腹を命じた。しかし、利長とお松の方が利家にいろいろとお詫びをして両人は切腹を免れ、能登へ蟄居を命ぜられた。

ところがそれで終わらなかった。利長の御座式に勤めている弥八郎の伯母は、甥の弥八郎を不憫に思い、幸姫に嘆願していたとみえ、幸姫は両人のうち一人を切腹させるよう利家に頼む。

結局、利家は利長と相談の上、浅井左馬は能登に蟄居、宇野平八は、大徳寺で切腹するという結末になった。

幸姫は、弥八郎の伯母に同情し利家に嘆願し、そのことを通すとは、幸姫は母お松の方に劣らぬ気丈夫なところがあった。

慶長三年（一五九八）八月十三日、豊臣秀吉が亡くなって、その七ヶ月後の同四年閏三月三日、父利家が大坂の屋敷に没した。母のお松の方は芳春院と改称、徳川の人質となり江戸へ旅立った。まもなく東西に分れた関ヶ原の合戦が起こる。弟の利長は参戦に行く途中に合戦は終わったが、利長には小松、大聖寺の領土も加増され、百二十万石の大大名になった。父の利家は戦いに明け暮れていたが、百万石の大名にはなれなかった。しかし、その土台を築いていた。

利長に子供がなく、幸姫夫婦の育てた利常が利長の嗣子となり、家康の孫珠姫との婚約を強いられた。珠姫は江戸より加賀へ輿入れとなり、幸姫の夫長種は福井まで珠姫のお籠を受け取る大役を務めた。また、長種は対馬守に任じられ、幸姫はこの上もなく喜んだ。

慶長十一年（一六〇一）、利長は隠居の身となり、利常が三代藩主となった。長種は小松城の城代となり禄高も二万石となる。長男直知夫婦に三人の男子も生まれ、幸姫もいつのまにか祖母になっていた。

同十九年利長が亡くなり、母は人質の役目を解かれ金沢に戻ることができ、母と久しぶりに対面した。再び東西に分れた大坂の陣（慶長十九年冬・元和元年夏）に利常は初陣で手柄をたて凱旋してきた。

その翌年の元和二年（一六一六）四月十八日、幸姫は前田家の長女として、母の留守中加賀藩に目をくばり、関ヶ原の合戦後、薄幸の妹たち、豪、千代の面倒も見ていたが、母と夫長種に先立ちこの世を去った。春桂院と号し玉龍寺（野町三丁目）に葬られた。

長男直知の屋敷は、利常の治世に大手堀のすぐ前の一角を与えられ、屋敷跡を梅本町（現大手町と尾張町）といった。下屋敷が飛梅町となった。次男の長時の屋敷は西町一番町（現尾山町）にあり、丹後屋敷（現在の商工会議所）といわれていた。長男系を対馬守、次男系を丹後守と名乗った。

玉龍寺は長種の父長定の戒名玉龍院を冠してつけられており、後に長時は母春桂院の位牌所として月照寺（野町三丁目）を建立している。

二、昌　姫（増山殿）

昌姫は永禄六年（一五六三）尾張国荒子村（名古屋市中川区）で前田利家と松の二女として誕生した。

当時、父の前田利家は、織田信長の家臣として、信長の天下取りの戦いに明け暮れ、母の松は長女幸姫、長男利長、そして生まれたばかりの昌姫らの子育てに専念し、父利家の留守を預かる時代であった。

織田信長は、尾張の平定に八年、美濃攻略に同じく八年の歳月をかけ天下布武に着々と一歩近づいており、軍功のあった武士に赤幌衆九人、黒幌衆十人を選んだ（幌は鎧の上より背負って流れ矢を防ぐ武具であり軍功のあったことを示すもの）利家は赤幌衆に選ばれたが、「仰せながら、幌衆は武士の重恩なれど、若輩の者が選ばれ、誠にありがたき幸せです。されども重職を汚すことがあってはと、辞退申しあげます」と、信長に言上する。ところが、「汝は年は若いが、武功は老巧に越えたり」と、重ねて信長の命令が下り、利家は赤幌衆になる。

永禄十二年（一五六九）、信長は、利家の兄利久が相続していた荒子城を、「利家に相続させよ」との命令を出した。というのは、兄利久に嗣子がなく、滝川義太夫の弟宗兵衛を養子にし、前田慶次郎利益と名を改めていた。

信長は、後々のことを考え、利久の体が丈夫でないことを理由に、血の繋がりのない慶次郎が前田家を継ぐより、利家に嗣子利長がいることで、この様な命令を出した。

その後、昌姫の家族に荒子城での生活がはじまった。父利家の禄高は先の四百五十貫に荒子の領地二千貫をあわせて、二千四百五十貫（六千百二十五石）となる。昌姫は六歳になっていた。

荒子城に移ってからも父は信長に従い、越前の朝倉義景、近江の浅井長政の連合軍を滅亡させ、越前一向一揆を悉く滅ぼした。さらに、「河内（大阪府）より乱入の一揆を切るべし」との信長の命により、河内より土橋辺りまで乱入している一揆の残党を、残らず探し出し討ち取り、信長はついに越前国を平定した。

天正三年（一五七五）、越前国平定の戦功の恩賞として信長は、越前府中（福井県武生市）十万石を、前田利家、佐々成政、不破彦三ら三人に分け与えた。こうして利家が、はじめて三万三千石の小大名になり、昌姫は十二歳で大名の姫となった。

前田家は、尾張国より越前府中に移り住むことになり、昌姫は乙女心に尾張国を離れることに一抹の寂しさを感じる。前田家は家臣も増え、さらに母松は摩阿、与免、千代、利政を出産、弟妹も増え、家族は賑わいを増した。そこえ、兄嫁に信長の四女永姫が嫁いできた。

北陸の雪国の生活にもどうにかなれた天正九年（一五八一）、信長は府中城を利長夫婦に与え、利家に能登一国を与えた。利家は一国一城の主となり、前田家の家族、家臣らは、さらに北国能登へ移り住む。明くる同十年、昌姫は父と同じく信長に仕えている中川光重に嫁ぐことになり、能登での生活も一年足らずであった。

天正十年三月、中川光重は信長の嫡子信忠に従って、信長の甲斐国（山梨県）の武田勝頼征伐のため、勝頼の弟仁科盛信が篭る高遠城を落城させた。その光重の軍功の恩賞として、信長の命により昌姫を娶ったと、中川家の由緒書に記されている。

信長は甲斐国も手中に収め、天下平定が目の前にきており、前田家も順風満帆であった。ところが、光重が高遠城を攻めている頃、安土の空に天変が起こっていた。それは、安土の空が赤く染まり、長い尾を引いた彗星が数日現れ、それを見た人々は、信長がいよいよ天下を覆う吉兆と感じていた。しかし、宣教師ルイス・フロイスには不吉な予感があった。

天正十年四月、十九歳の昌姫が再び生まれ故郷の尾張へ戻った矢先のことである。同年六月二日、信長、信忠父子が明智光秀のため自害して果てるという予期せぬ出来事が起こった。いわゆる本能寺の変である。ほどなく、豊臣秀吉が明智光秀を亡ぼし、信長没後の主導権争いとなり、北の庄（福井市）の柴田勝家と秀吉が賤ヶ岳で戦った。この戦いは秀吉の勝利となり、利家は秀吉より旧領能登国と加賀国の河北、石川の両郡を加増された。

主君信長を失った昌姫の夫光重は、利家に仕官することになった。利家が能登七尾城より金沢城に移り、光重は前田安勝、高畠定吉とともに七尾城を守る役職につき、昌姫は再び能登に戻ってきた。尾張での生活はわずか二、三ヶ月であった。

天正十三年九月、利家は越中の佐々成政との争いに、秀吉からの援軍により勝利を収め、砺波、婦負及び射水の三郡を秀吉から昌姫の兄利長に与えられた。戦勝祝を金沢城で行い、その席上、秀吉は、前田家家臣のここ数年の軍功に対し、各々の家臣に恩賞を与えた。その時、昌姫の夫光重は黄金百両を秀吉より賜るが、妹の摩阿姫は秀吉の側室にさせられ、人質のように大坂に連れて行かれる。

越中三郡をあたえられた利長は守山城を居城とし、光重は利長に仕え、増山城（富山県砺波市増山）の城を預かることになった。

増山城は松倉城（魚津市）、守山城（高岡市）と並び越中三大山城の一つと称され、標高一二〇メートル、比高七〇メートルの山上に築かれた城である。佐々成政が越中を治めていた頃は富山城の有力な支城であった。利家との戦いで、成政は増山城を整備拡充し、成政の重臣佐々平左衛門を配置していたといわれる。

昌姫は増山城を預かる奥方となり、増山殿と称されるようになる。（以後増山殿と記す）その数ヶ月後の天正十三年十一月二十七日、この地に地震が起こり、三日間揺れ続いた。地震もやっと止み、増山城は無事であった。

しかし、増山殿の叔父前田秀継が居城の木船城が、跡形もなく沈み崩れ去った。増山殿は叔父秀継の安否を気遣っていたが、秀継夫婦は圧死したという悲報が増山城に届いた。木船城は、沼田を砂と小石などを埋めて築城したため沈んだといわれている。

地震騒動の翌年の天正十四年、越後の上杉景勝が大坂城で秀吉に対面のため、上洛した。五月二十七日、景勝の一行が越中国を通過する折、光重が中田（現高岡市）で出迎えることになった。増山殿もその準備のために忙しくなった。史書によると、御厩五十間、御鷹部屋五十間、侍所などを設け、光重より一献ありと書かれている。その後、景勝は倶利伽羅を越え加賀国に入り、秀吉の家臣石田三成の出迎えをうけ、金沢城で利家より饗応を受ける。その席で増山殿の弟利政が能を舞っている。

天正十六年四月十四日、後陽成天皇の秀吉の聚楽第行幸に父利家と兄利長が揃って秀吉に供奉した。その時、夫光重と高畠定吉が父に従った。

翌十七年十一月、光重は、茶事ばかりをしていて七尾城修築の課役を怠ったとして兄利長の怒りにふれる。利家はそのことを聞き、娘婿を厳罰に処することに偲びず、光重を能登の津向に蟄居させた。やがて、光重は秀吉に茶事のお伽衆として仕え、のちに武蔵守に任じられる。

増山殿は夫光重の留守中増山城の城代となる。

増山殿は守山城の兄利長よりの依頼で、福田村神主に子供の祈願を命じ、諸役免除するという書状が残されている。

ふくだむらかんぬしするが（福田村神主）。

しょやく（諸役）ゆるし申候、いよいよ御こさまたちの御きねん（祈念）ゆだんあるましく候、このよしかみさまより御い（意）御さ候、こころやすかるへく候、かしく。

文禄二年

十月十四日

ますやま

さいしょう（花押）

ふくだむらかんぬし

するが　まいる

この書状からも分かるように、増山殿は夫が不在の間、土地知行のことについても強い発言力を持っていたことがわかる。母松に劣らぬ気丈夫で統率力があったようである。

慶長三年（一五九八）秀吉が没して後、光重は前田家に帰参したが、増山殿は五年後の慶長八年十一月二十九日、四十歳でその生涯を終えた。増山城は中川光重が同十九年十一月に没した後、廃城となった。今日その城跡の周りには砺波平野の散居村が広がっている。その散居村からは増山城の威容が一望できる。

増山殿は光重との間に献珠院と月桂院（ひさ）の二人の女の子をもうけており、娘ひさに光重の弟忠勝の子重勝を婿に迎え、中川家は代々明治時代まで加賀藩に仕える。

三、摩阿姫（加賀殿）

摩阿姫は、前田利家と松との間の三女として元亀三年（一五七二）尾張で生まれた。その翌年、織田信長は越前一乗谷の朝倉義景、近江小谷城の浅井長政を滅ぼし、長政の妻で信長の妹お市の方は、茶々、初、江の三人娘を連れて織田家へ戻っている。

天正三年（一五七五）、利家は信長の越前一向一揆征伐に軍功をあげ、その恩賞として越前府中（武生市）を信長より、佐々成政、不破彦三ら三人に与えられた。後に佐々成政は越中国（富山県）に、利家は能登国を与えられ、能登七尾に移った。摩阿姫の兄利長は信長の四女永姫と結婚、父の領地越前府中を与えられ、摩阿姫も一国一城の姫様で前田家は順風満帆であった。

だが、天正十年（一五八二）六月二日、明智光秀は本能寺にて信長を、信長の長男信忠を二条城にそれぞれ襲い、信長父子を自害に追いやったという「本能寺の変」が起きた。

前田家は主君を失ったのである。豊臣秀吉は素早く光秀を討ちとったが、信長の後継者争いが起きた。

織田家の重臣で越前北の庄（福井市）の柴田勝家は信長の三男信孝を、秀吉は信長の長男信忠の遺児三法師丸（秀信）を推し、二人は対立し、嫌悪なものになった。信長の元に戻っていたお市の方は、三人の娘を連れて勝家に再婚し、勝家は織田色を濃くした。

ついに翌年、勝家と秀吉が争うことになり、利家ら北国勢は勝家に加勢をすることになるその時、十二歳になった摩阿姫は、勝家の甥佐久間十蔵との結婚の約束で、北の庄に赴くことになった。これは、利家が勝家を裏切らないという証拠に、摩阿姫を人質に差し出したのである。摩阿姫は親元を離れ、茶々ら三人娘とともに北の庄で生活するようになった。

さぞ、母親が側にいる三人娘が羨ましく、隠れて泣いた日もあったであろう。

勝家と秀吉の戦いに、利家、利長父子は尾山城（金沢城）主佐久間盛政らと出陣した。

勝家の本陣で作戦会議終了後、盛政は勝家に、

「利家がよからぬことを考えているように思われます、盛政思うに利家親子はいつ秀吉に寝返るやもしれませんぞ、今の内に利家を討ち取っては」と、密かに語った。ところが勝家は、「何を申す、利家はわが親友ぞ、娘を人質に、わが城内に留めているではないか、心変わりするはずがないぞ」と、反対に盛政を叱った。

まもなく、盛政は余呉湖付近の秀吉軍の陣である大岩山砦を襲撃し、秀吉軍を敗走させた。勝ちに乗じた盛政は、勝家から攻撃が終わったら本陣に戻るよう指示されていたが、それを

無視した。大岩山に駐屯し深い眠りに入った。ところが、夜半に秀吉軍が大垣の陣より、賤ヶ岳へ松明数万本を焼き立て、怒涛のように攻めてきた。

利家父子は賤ヶ岳で、敵味方入り乱れ、苦戦しながら戦ったが、家臣に戦死者が多く出たこともあり、前田軍は戦況不利と見て途中府中城に引き上げた。勝家軍は崩れ、勝家は北の庄に退却、府中城は秀吉軍に追撃を受けたが、利家は秀吉に下り秀吉軍に加わった。

利家に先鋒を命じられ、利長は秀吉の馬の口取りをして北の庄城に進んだ。いわゆる利長は人質のようであった。まもなく北の庄を攻め、火を放った。城内では勝家とお市の方は城を枕に自害した。摩阿姫の婚約者佐久間十蔵も戦死した。姫は、勝家の家士徳庵法師に救出され、府中城の両親の元に戻れたが、三人娘は母と死別して秀吉に預けられた。

秀吉軍はさらに佐久間盛政の居城、尾山城を攻略した。利家は秀吉軍に加わり戦い、加賀二郡を加増され、金沢城を居城とした。摩阿姫は金沢城で両親と共に過ごすようになった。

ところが、隣国越中（富山県）の佐々成政は、北国勢として利家とともに柴田軍に加勢すべきであったが、越中の隣国越後（新潟県）との境を守るために出陣出来なかった。しかし、能登国の利家が最初勝家軍に参戦していたのに、秀吉軍に寝返って加賀を攻略したのだから、成政にすれば驚き、利家を恨むようになる。

天正十一年（一五八三）成政より摩阿姫の弟利政を娘婿の養子にしたいと言ってきた。

利家は隣国のことでもあり、縁組を承諾し、同年七月二十三日、結納が行われた。席上利政は仕舞を舞うなどして、利家と成政とのもつれた糸が解けるようであった。しかし、八月、利家は答礼に使者を富山に赴かせた。成政は今月は良い月でないため、九月の吉日を選んで婚礼の日取りを決めるとの答えであった。

その答えに利家は成政に疑問を抱き、同十二年、防備のために越中と加賀の境、朝日山（朝日町）に、砦を築き防備をした。やはり、成政も同じ場所に砦を築こうとしたが、利家に先を越され朝日山砦を襲う。成政が朝日山の麓より登り攻めようとしたところ、にわかに暴風雨となり、山より滝のように雨が流れ落ち、成政軍は登ることが困難となり退却していった。

今度は末森城（押水町）を成政に包囲された。利家は夜半海岸沿いに進み、未明に城近くの今浜に到着した。末森城の二の丸、三の丸はすでに成政の手に落ちていたので、末森城の麓、砂山に移動。敵を背後から攻め破り、城内に入った。坪井山に本陣を構えていた成政は、あきらめて引き払ったが、利家は追い討ちはしなかった。

同十三年、利家が成政と小競り合いが続いているうちに、秀吉は関白職に就任し、さらに豊臣の姓を名乗った。同年七月十一日、その就任式に利家は出席したが、隣国の成政が気がかりであった。秀吉に密かに援軍を依頼して即刻帰国した。

その七日後の十八日、利家は関白秀吉を松任で出迎え、二十日、秀吉は津幡に本陣を構え、十万の大軍はその近辺の山々、峰々に陣を取った。成政はその大軍になすすべもなく、加賀との国境を引き払った。秀吉軍はすかさず、本陣を富山城下の見下ろせる呉服山に進めた。成政は大軍の充満に、数日は薄氷を踏む思いで富山城内に立て篭もっていたが、老臣の勧めもあり、助命を依頼して秀吉に降った。利長には成政の領土だった越中の三郡を与えられた。

その戦勝祝いに利家は、秀吉を金沢城に迎え饗宴を行った。その席上、秀吉は摩阿姫を大坂に連れていくと言い、利家夫婦は何も言えず、越中国をもらえば娘を差し出すしかなかった。これも人質同然である。摩阿姫は人質になる運命であったようである。

再び北の庄で半年間一緒に過ごした三人娘との生活が始まった。茶々は淀殿、摩阿姫は加賀殿と称され、二人はともに秀吉より娘のように可愛がられる。のちに淀殿は豊臣家の世継ぎ秀頼を出産し、初は京極高次室、江は徳川秀忠室となったが、摩阿姫はのちに前田家の屋敷で生活するようになる。

文禄三年（一五九四）の吉野の花見と、慶長三年（一五九八）の醍醐の観桜茶会に太閤殿下秀吉の供をした。観桜茶会には摩阿姫の両親も招かれ、母の松は大名夫人でただ一人招かれた。

その年に秀吉が他界した。摩阿姫は十ニ歳で、柴田勝家の人質生活を半年越前で過ごし、まもなく秀吉の側室となり、若き蕾の人生は人質生活であった。

秀吉が死んだことによって、やっと自由の身となり、万里小路充房と結婚した。充房の先妻は信長の娘であった。充房との間に男の子が生まれ、前田利忠と名乗った。のちに、利忠の伯父である利長に仕え五千石を受ける。秀吉が亡くなると利家は後を追うようにして亡くなり、まもなく東西に分かれた関ヶ原の合戦が起こる前夜、母の松が江戸へ人質に赴く。

摩阿姫の幼い時、越前北の庄に人質で淀殿、お江の方と過ごした日々もあった。今度は淀殿の豊臣方と、お江の方の徳川方と姉妹が敵味方に分かれた戦いと、摩阿姫の母は江戸での生活がはじまる。合戦後の加賀藩主は異母弟の利常が三代藩主となり、徳川秀忠とお江の方との間に生まれた珠姫が正室となる。珠姫が前田家に輿入れしてまもない、慶長十年（一六〇一）六月十三日、摩阿姫は三十四歳の若さで母に先立った。京都大徳寺の塔頭芳春院に葬る。

自由な生活をしたのはわずか八年ばかりであった。加賀百万石の礎を、摩阿姫も両親とともに築いたといえる。

四、豪姫（宇喜多秀家夫人）

豪姫は一生の半分を、金沢城下西町（現黒門前緑地）で、遥か八丈島の夫秀家と長男秀高、次男秀継に心を馳せ、生き別れのまま過ごし、この地で六十歳の生涯を終えている。

豪姫の生まれは、天正二年（一五七四）父母は加賀百万石の礎を築いた前田利家、正室松である。当時の父利家は織田信長に仕え、豊臣秀吉、ねね夫婦と隣同士の住まいであった。秀吉夫婦には子供が授からないが、利家夫婦は四人の子持ちであった。そんな折り、松が子を宿した。秀吉夫婦から今度生まれてくる子は、男の子でも女の子でも良いからほしいと言われ、利家夫婦は隣同士であり、何時でも会えるとの軽い気持ちでそれを受け入れた。生まれた子は女の子であった。秀吉は女の子を懐に入れて連れ帰り、「豪」と命名した。後に秀吉は、「この子が男子であったならば、関白の位にもつけようものを」と言っているくらい、豪姫は秀吉夫婦に宝物のように育てられた。

天正十年（一五八二）、明智光秀に襲われ、信長が本能寺にて自害して果てるという予期せぬ出来事が起こった。その頃、秀吉は岡山城の宇喜多家と協力して、備中高松城を水攻めにしていた。「本能寺の変」を知った秀吉は、高松城落城を見届け、光秀を討つために京へ向かった。その時、岡山城主宇喜多直家の未亡人お福の方は、前年に他界した直家の家督を相続している九歳の八郎を連れ、岡山城の門前で秀吉を迎え、高松城攻めの戦勝を祝い秀吉に、岡山城に立ち寄ってほしいと懇請する。それに答えた秀吉は、八郎を馬上に抱いて岡山城に入城して一泊し、お福の方に、

「明智を退治し、本意を達したならば八郎殿をわが婿とすべし」と、約束した。秀吉は素早く明智光秀を山崎で滅ぼし、約束どおり八郎を秀吉の養子にした。秀吉はさらに信長の重臣柴田勝家も滅ぼし、事実上信長の後継者となった。豪姫の実父利家は養父秀吉の臣下となり、すでに領していた能登国に加え、加賀国の石川、河北の二郡を秀吉より加増され、後に越中国（富山県）も領す。秀吉は天下人となり、関白、さらに太閤殿下となっていく。

宇喜多八郎は元服し宇喜多秀家と名乗り、天正十七年（一五八九）春、秀家と豪姫が結婚、大坂中之島の備前屋敷（現中ノ島公園）で新婚生活がはじまった。豪姫十五歳、秀家十六歳であった。その年の暮れ、豪姫は長女貞姫を出産、同十九年長男秀高、慶長三年（一五九八）次男秀継を出産し、二男一女の母親となった。

一方秀家は、文禄元年（一五九二）、文禄の役に総大将として渡海、帰国してからは中納言に昇進、利家とともに五大老となり豊臣政権の柱になっていた。豪姫は実母と同じ待遇と

なる。それにも増して秀吉より溺愛されていた。文禄四年（一五九五）、豪姫が奇病にかかり、秀吉は狐の祟りであるといって、伏見稲荷大明神に狐退治を命じる。「命令に従わない場合は神社を焼き払って、全国の狐を全て殺す」という。常軌を逸したことからも、秀吉の豪姫にたいする溺愛ぶりがわかる。結局その奇病を名医養安院（三代曲直瀬道三）が薬を与えて治した。秀吉は喜び道三に、錦衣、金、銀を与えたという。宇喜多家は日蓮宗であり、その僧に祈祷をさせたが完治しなかった。養安院はキリシタンの洗礼をうけており、秀家はキリシタンの医師が、豪姫の奇病を治してくれたとのことで、家臣らにキリシタンに改宗するよう命じ、豪姫もキリシタンの洗礼を受けた。

やがて、養父秀吉が他界し、後を追うようにして実父利家も没し、豊臣方の石田三成の西軍と、徳川家康の東軍と東西に別れた合戦が起こる。秀家夫婦は秀吉の養子、養女であった関係で、秀家は義理を重んじ西軍に参戦、前田家は実母の芳春院（松）が徳川家康の人質となり江戸に赴いており、東軍徳川方であった。

慶長五年（一六〇〇）九月十五日辰の刻（午前八時）、関ヶ原で合戦の火蓋が切られた。小雨降り、霧深い中での合戦は西軍の敗北となり、秀家は関ヶ原から家臣二人の供をつけ伊吹山の方に落ちのびた。途中土民に襲われ、鎧、刀を奪われ、東軍の追求を逃れて白樫村（現岐阜県揖斐郡揖斐川町）のあたりまできたところ、白樫村の庄屋矢野五右衛門という者に出会い助けられた。

早速秀家は、家臣に美濃山中から大坂中之島の備前屋敷へ赴かせ、豪姫に無事を知らせた。夫の無事を喜んだ豪姫は、使いの家臣に手紙と金子を渡し、秀家の家臣五名を秀家の元に走らせた。十月二十九日、秀家らは病人を装い、白樫村を出て十一月初旬備前屋敷に戻った。豪姫は秀家に同行してきた白樫村の矢野五右衛門に小袖と金子を与えて労をねぎらい、子供たちとともに夫との再会の喜びを噛み締めた。その頃、世上では宇喜多が何処かに隠れているとの風潮が流れていた。

半年後、同六年五月、徳川方にことの次第が漏れるのを恐れて、再び秀家は大坂を離れ、海路薩摩国（鹿児島）に落ち延び、島津義弘の庇護を受けた。豪姫は身重な体で再び夫と離れての生活が始まり、その年の十月次女・富利姫を出産した。

同八年、秀家は島津家に迷惑をかけまいとして、家康に自首した。島津家、前田家の嘆願により死罪は免れたが、久能山に幽閉された後、同十一年、秀家父子（男子）をはじめ主従十三人は、当時「鳥も通わぬ」と云われた八丈島に流罪となった。

夫と二人の子供とに引き裂かれた豪姫は、貞姫と富利姫の二人を連れ、宇喜多へ嫁ぐ時に、前田家よりよこした家臣中村刑部を供につけ、金沢へ帰ることになる。豪姫は、自分の病気を治してくれた養安院に夫秀家が文禄の役に持ち帰っていた多くの書籍を与えて長く住みなれた大坂を離れる。

豪姫は秀吉の養女として、高台院（ねね）に養育され、天下人の姫として栄華をきわめ、同じく秀吉の養子の秀家に嫁ぎ、「備前のお方」「南のお方」と称されていたが、一変して流罪の妻となって金沢に戻ってきた。

父利家の家督を相続した兄利長は、まもなく高岡城に隠居の身となり、兄の家督を異母弟の利常が相続していた。利常の奥方は豪姫にとっては憎き徳川家康の孫娘の珠姫であった。しかし、利常は豪姫に粧田千五百石を与え、金沢城の黒門近くの西町に屋敷を与えた。

金沢での生活に少しなれた慶長十九年（一六一四）富利姫が十三歳で没し、兄利長も高岡で病死した。今度は追い討ちをかけるように、その翌年長女の貞姫も世を去った。

貞姫は金沢に来てまもなく、利長の養女となって前田家の家臣山崎長郷に嫁ぎ、男子を出産したが早世し、長郷も慶長十六年（一六一一）に死別した。その後、同じく前田家の家臣富田重家に再婚していたが、母豪姫に先立った。貞姫は「理松院」と号して妙泰寺（金沢市東山二丁目）に葬られた。

二人の娘に先立たれた豪姫にとって何よりの救いは、母芳春院が兄利長の死によって徳川の人質の役目が解かれ、金沢で十五年振りに再会できたことであった。豪姫は母の胸に抱かれ甘え、関ヶ原の合戦後の悲運を思う存分泣いた。しかし、その母も元和三年（一六一七）

七月十六日、七十歳の生涯を閉じた。

次々と家族を亡くした豪姫は、前にも増して、南海の孤島八丈島に流された夫秀家、長男秀高、次男秀継の安否が気にかかる。そこで、八丈島の島左近というものが、五、六年に一度ずつ幕府へお礼のため江戸へ来ていることを聞き、豪姫は早速、幕府に隠れて左近に、金銀、小袖、妙薬などを秀家に届けて貰うよう頼む。五、六年経って、左近が持ってきた秀家の文が、夫の筆跡ではないと不審に思いながらも、秀家が他人に書かせたものと思い、度々左近に物品をことづけていた。しかし、数年経ってから秀家よりの文に、豪姫よりの便りが一度もないことが記されており、やはり左近が皆横領していることが判明し、豪姫は一層悲しみが募るばかりであった。ところが、後に加賀藩主として、利常が幕府へ奔走し、まず物品を幕府へ送り点検されてから、幕府より八丈島へ毎年届けられるようになった。以後、明治に至るまで加賀前田家より八丈島に送り続ける。

安堵した豪姫は寛永十一年（一六三四）五月二十三日、金沢で数奇な運命の一生を終えた。豪姫の亡骸は家臣の中村刑部が大連寺（金沢市野町二丁目）で手厚く弔い、「樹正院」と号して野田山の前田家分家の墓地に葬られた。

宇喜多秀家は前田家の加護により、明暦元年（一六五五）に没するまでの、八十年余りの余生を送ることが出来た。これも一重に豪姫が再婚せずに、宇喜多秀家夫人として生涯を終えたからである。

（明治維新により宇喜多家は赦免になり、前田家は加賀藩の下屋敷板橋（東京都板橋区）に当座金千両を与えた）

五、千代姫（細川忠隆夫人）

千代姫は織田信長の家臣・前田利家の七女であり、天正八年（一五八〇）越前府中城（福井県武生市）で生まれた。母はお松の方（芳春院）である。越前府中は父利家が尾張荒子（愛知県名古屋市中川区）より始めて三万三千石の大名になった土地であった。

千代姫の誕生は、前田家に幸運をもたらしたかのように、その翌年、父利家は信長より能登一国二十一万石を与えられ国持ち大名になった。千代姫は父母とともに越前府中より能登国に移る。ところが、信長が明智光秀のために本能寺で果て、豊臣秀吉が光秀を亡ぼし信長の後継者となった。利家は秀吉の臣下となり秀吉より、旧領能登国に加え加賀の河北、石川の両郡を与えられ、後に越中国（富山県）も加増され、百万石の礎を築く。千代姫は、父利家が出世街道を歩んでいた頃、金沢城で少女期を過ごした。後に前田邸が京の都、秀吉の聚楽第の近くに移り住むようになり、彼女は細川忠興の長男忠隆に嫁ぐことになる。

細川忠隆の母は、明智光秀の娘玉であった。玉は天正六年（一五七八）、織田信長の勧めで、細川藤孝の長男忠興と結婚、翌年長女の於蝶が生まれ、その翌年、千代姫の夫になる忠隆が誕生した。だが、細川家に予期せぬ出来事がおこった。

天正十年六月二日、玉の父光秀は信長の宿泊先の京都本能寺を急襲し、信長を炎の中で自害に追い込むという反乱を起こした。玉は逆賊の娘となり、夫忠興によって丹波の三土野（京都府）に幽閉され、子供の於蝶、忠隆たちと引き裂かれた。やがて、光秀は秀吉の反撃で破れ敗走、土民の手にかかり殺害された。そのことを、玉は三土野で知った。その後、秀吉が関白になると玉に恩赦が与えられ、夫忠興は大坂の玉造に屋敷を構え、玉を迎えた。

玉は二年振りに夫忠興と二人の子供との生活が始まり、やがて忠秋を出産した。細川藤孝、忠興父子は茶人千利休、それに豊臣秀次の後見人前野長康と、お茶を通じて親しくしていた関係で、娘の於蝶は千利休の世話で、前野長康の長男で秀次付きの前野景定に嫁ぐ。

玉は暫し幸せな日々を過ごしていたが、細川家にとって二度目の難が待ち受けていた。

それは、豊臣秀次事件である。関白秀吉は男子がなく甥の秀次に、天正十九年（一五九一）豊臣の後継者として関白の職を譲り、自分は太閤殿下となった。ところが、文禄二年（一五九三）、秀吉の側室淀君に秀頼が生まれた。秀吉は次第に関白秀次が邪魔になったのか、同四年、秀次の関白職を剥奪し高野山に追放した。秀次付きの前野景定も秀次に連坐して、伏見の中村式部の屋敷に幽閉された。さらに秀吉は二人に自害を命じ、七月十五日、秀次は青厳寺にて、景定は中村式部邸で切腹した。景定の父の長康は秀吉より許されたが、息子の後見人としての責任を感じ、三日後自害した。八月二日、細川家では秀次の正室も子女・側室ら三十名とともに三条河原で斬殺されるということになり、密かに於蝶を、以前玉が幽閉されていた三土野に隠した。前野家では於蝶を行方知らずにした。

その後、玉と於蝶の母娘は高山右近の感化で、キリシタンの洗礼を受け、玉は後にガラーシャ夫人と称されるようになる。

このような事件の続く細川家に、前田家より千代姫が慶長二年（一五九七）二月、秀吉の指示で細川忠隆に嫁いだ。その翌年、太閤殿下秀吉が父利家に秀頼の後見を託して死去した。さらにその翌年、利家が秀吉の後を追うようにして他界すると、細川家に三度目の難が訪れる。

徳川家康と豊臣方との東西を二分した、天下分け目の合戦が起こる。千代姫の舅忠興は徳川家康側につき、越後（新潟県）の上杉景勝と戦うために出陣した。その留守中豊臣方の石田三成は、ガラシャ夫人に大坂城に登城するよう度々勧告してきた。もし、大坂城への登城が嫌なら宇喜多の屋敷に行くよう申しいれた。また一方で、父藤孝のいる丹後へ避難するよう勧めたが、ガラシャ夫人はそのいずれも拒んだ。娘の於蝶は秀吉が他界した後、母の元に戻っていた。

慶長五年（一六〇〇）七月十七日、細川家の玉造邸は石田三成に囲まれる。ガラシャ夫人は息子の嫁千代姫と共に自害することを決心し、千代姫を呼んだが、彼女はすでに姉豪姫の嫁ぎ先の宇喜多家に逃亡していた。まもなく、ガラシャ夫人はキリシタンの自決は許されないため、家臣小笠原少斉の長刀で胸を刺すようたのみ、死を選んだ。まもなく玉造邸に火が放たれ、娘の於蝶も家臣と共に死を選んだ。

関ヶ原の合戦は東軍徳川方の勝利であったが、合戦後、ガラシャ夫人の夫忠興は千代姫の逃亡を、

「いかに女の身ではあるが、姑の自害を見捨てて逃げるとは覚悟が出来ていない嫁だ」

と、怒りつけ、千代姫の夫忠隆に、

「そなたの妻をきっと追い出すべし」

と命じた。これは即ち、離縁せよとのことであった。

「母上が、［先に行くがよい、自分は後から屋敷を出る」というので、私は先に出ましたが、母上が自害すると分っていたら屋敷を出なかった」

という千代姫の言葉を、忠隆は忠興に伝えると、忠興はさらに怒り、

「父の言葉にそむくとは甚だ奇怪なり、今後長く対面に及ぶべからず」

と、忠隆を勘当した。

忠隆は千代姫に、

「われは思わずも御身のため、かかる不幸の身となりぬ、かくて連れ添いたいが、今父に勘当され、貧賤の身であり、千代の兄は加賀中納言の大名である、悔しいが離別する」

と伝える。

千代姫は細川家に嫁いで、わずか三年の新婚生活に終わりを告げた。千代姫まだ二十歳の若さであった。

細川家より無理やり離縁させられ、幼い頃過ごした金沢城に戻ってきたが、母芳春院（お松の方）は徳川家の人質になって江戸にいる。母にこの悲しみを打ち明けることも出来ず、ただ悶々と数年が過ぎた慶長十年、母の江戸人質に同行していた、家臣の村井長頼が江戸で亡くなった。その年、千代姫は村井の嫡子長次と再婚することになり、金沢城内の村井屋敷（甚右衛門坂を登った左横）での生活が始まった。兄利長は高岡城に隠居し、異腹の弟利常が三代藩主となった。

数年後、兄の利長が亡くなり、人質の役目を解かれた母芳春院は、金沢に帰ってきた。千代姫は母と十五年ぶりの再会であった。母より手紙が再三届いていたが、母との再会の喜びはひとしおであったが、その三年後、母芳春院とは永遠の別れとなる。

その後、藩主利常は城内の家臣の屋敷を城外に移した。したがって村井家の屋敷も城外に移され、現在の中央小学校（長町）の場所に屋敷を構えた。

そんなある日、千代姫を悲しませた事件が起こる。

江戸筋違橋の工事の役を、加賀藩が幕府より割り付けられ、その材料の伊豆石を山より切り出した。その時、利常の重臣・安見隠岐の足軽頭が、飯米のことで経理上のミスをした。金沢へ帰り、安見はその者を牢舎に入れた。足軽頭の妻は千代姫が子供の時より世話をしていた女であり、成長後、安見隠岐の足軽の妻にと、千代姫が世話をした女であった。したがって、足軽の妻は千代姫に助けを求めに来た。千代姫はそれに答えて、足軽を牢より出すことを安見に頼むと、安見はその妻も牢へ入れてしまった。千代姫は、

「女を牢へ入れるとはまれなことだ」

といい、早々に渡してほしいと再三安見に頼んだところ、安見はかえって夫婦共に成敗して、足軽の妻の死骸を村井家の前を流れている惣構堀に投げ込んだ。千代姫は深く悲しみ、一時は自分も死のうと覚悟をしたほどであった。結局、安見はこの一件が原因か定かではないが、後に能登へ流罪となる。

千代姫の夫村井長次は、病を押して上京、その病も治らずして金沢に帰る途中、寛永十八年（一六四一）十一月七日、越前疋田で帰らぬ人となった。千代姫は嘆き悲しみ、夫の後を追うようにして同月二十日に亡くなった。

法名春香院と号され野田山に眠っている。

あとがき

今回、京極竜子の若狭時代の苦労、武田家の血脈など、竜子のあまり知られていない、波乱に満ちた一面を描いたつもりであります。

京極竜子と国松の墓は、誓願寺境内の竹林院にありましたが、明治三十七年（一九〇四）、繁華街をつくるために、東山区の豊國廟の境内に移されています。

誓願寺は、表門は寺町六角に面し、裏門は三条通北面に面し六千坪の境内に、本堂、開山堂、釈迦堂、三十塔、地蔵堂二字、経蔵、鼓楼、方丈、鎮守春日社、十三仏堂、十八カ寺山内寺院を擁していました。

現在の誓願寺は規模は小さくなり、今日の新京極繁華街のど真ん中になりました。

島根県立美術館に保管されている「誓願寺本」洛中洛外図に、誓願寺の鐘楼堂が描かれていますが、その時、誓願寺にあった梵鐘が、現在金澤東別院（金沢市安江町）の鐘楼堂にあります。

誓願寺が火災にあった際、加賀の町人が梵鐘を買い求め、修復を加えて東別院に寄進したことが「金澤古蹟志」に梵鐘の来歴とともに記述してあります。

金澤の東別院の梵鐘は、まつ（芳春院）が来迎の柱を寄進した京都誓願寺の梵鐘であったとは、不思議な因縁です。

筆者の居住している金沢にあるとは、まるで梵鐘から京極竜子の生涯の執筆を、依頼されたような錯覚を覚えます。

京極竜子の孫、いわゆる木下長嘯子の男子を、『柳営婦女傳系』より「萩雲平」としました。ところが、彦根城博物館所蔵の重要文化財「彦根藩井伊家文書」の中の『彦根藩士の履歴資料』（侍中由緒帳）には、萩（はぎ）ではなく荻（おぎ）の姓になっています。

また、長嘯子にはもう一人娘香雲院が、二代彦根藩主井伊直孝の側室となり、井伊直孝の三男直寛を設けています。尚、直寛は病弱だったがために、香雲院の侍女・石居氏の娘を生母とする四男直澄が彦根藩主三代を相続しています。これらのことは、原稿終了後に、彦根城博物館史料課・野田浩子氏の調査により判明しました。

執筆にあたり、福井県若狭資料館、島根県立美術館、誓願寺小島本山課長、常高寺住職、中外日報社山田繁夫氏のご協力に対し、厚く御礼申し上げます。

平成十六年錦繍の頃

野村昭子

京極竜子周辺の略系図 一

作図　野村昭子

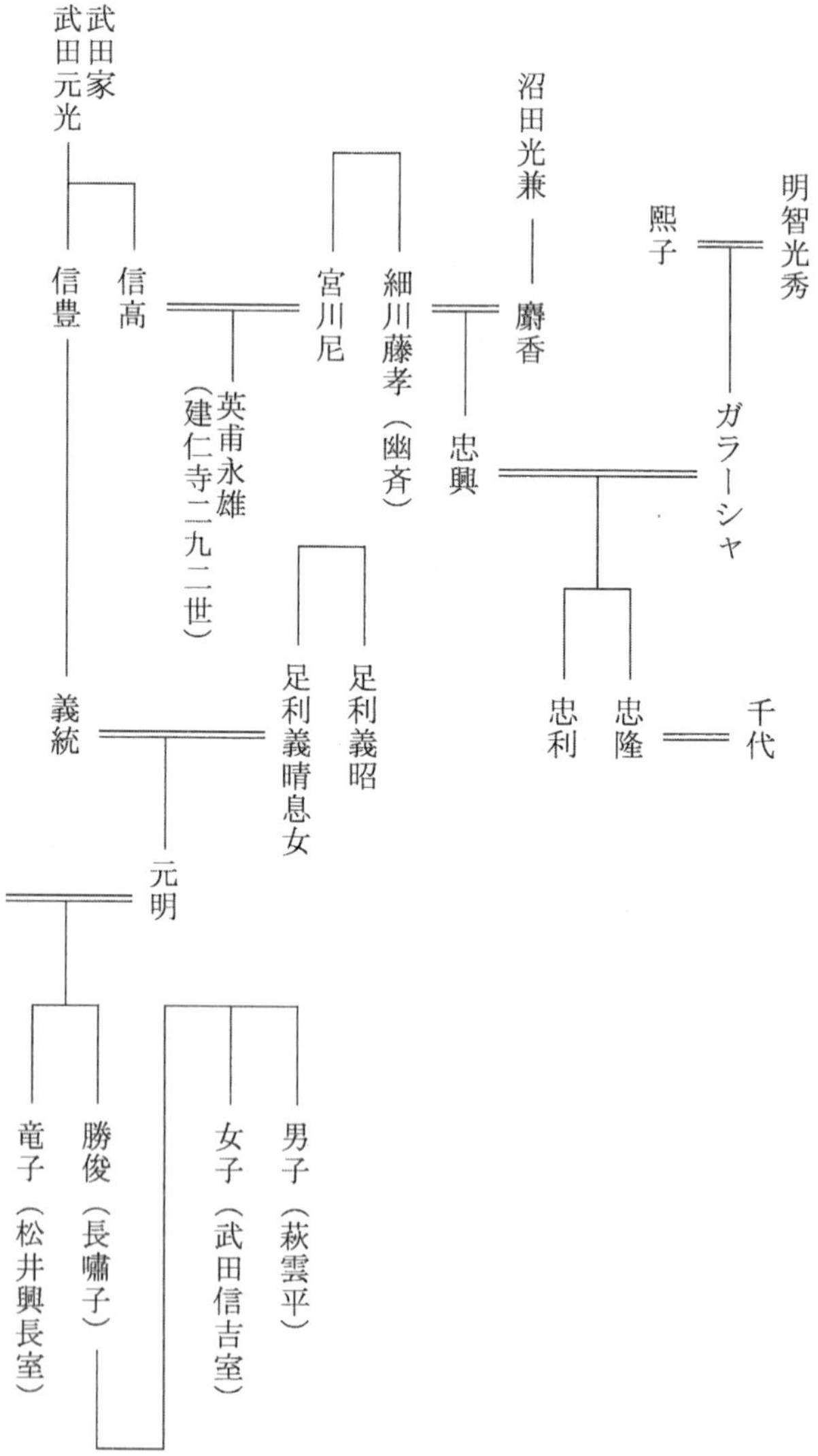

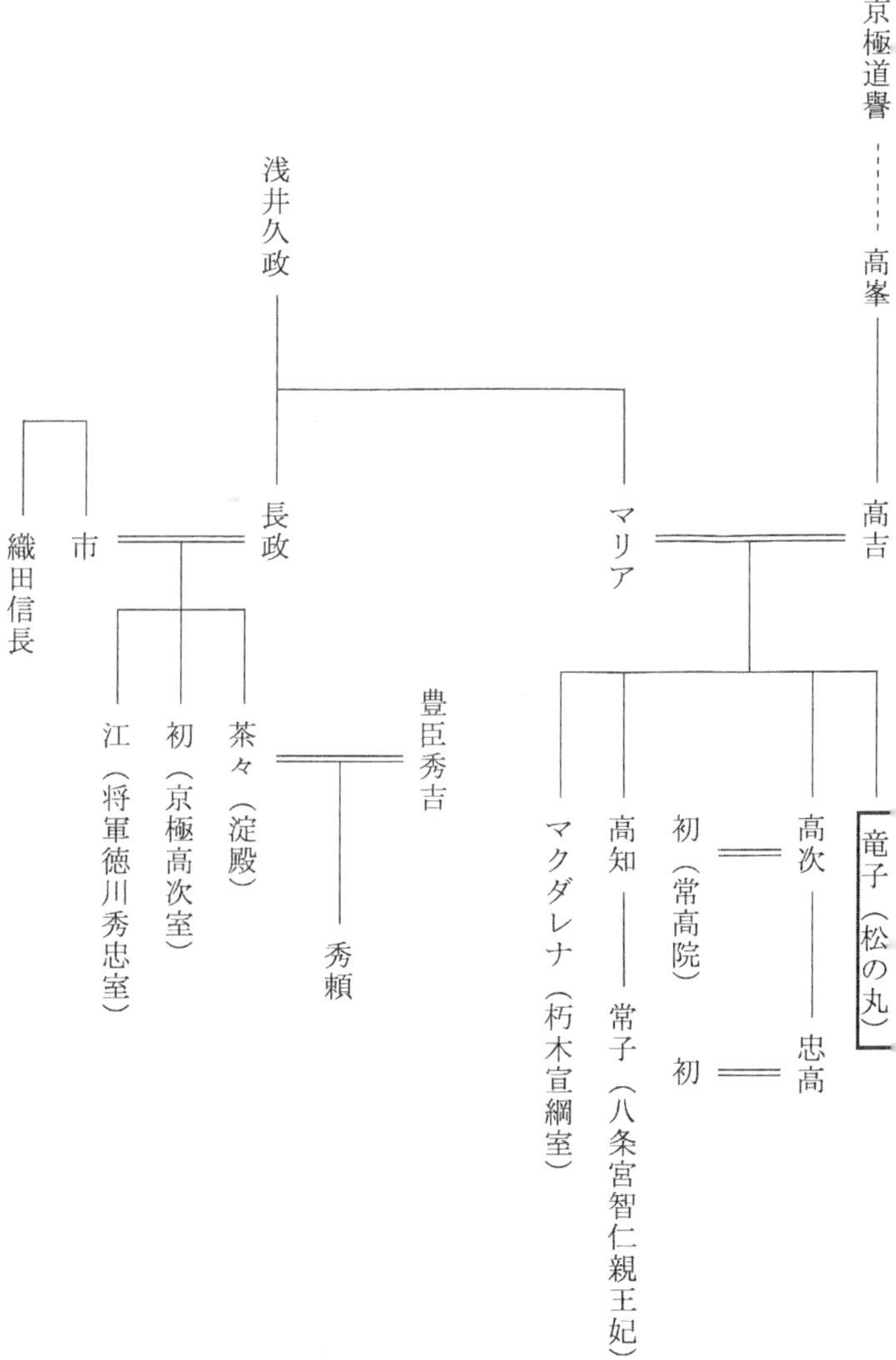
京極道譽
高峯
高吉
マリア
浅井久政
長政
市
織田信長
竜子（松の丸）
高次
忠高
初（常高院）
初
高知
常子（八条宮智仁親王妃）
マクダレナ（朽木宣綱室）
豊臣秀吉
秀頼
茶々（淀殿）
初（京極高次室）
江（将軍徳川秀忠室）

京極竜子周辺の略系図　二

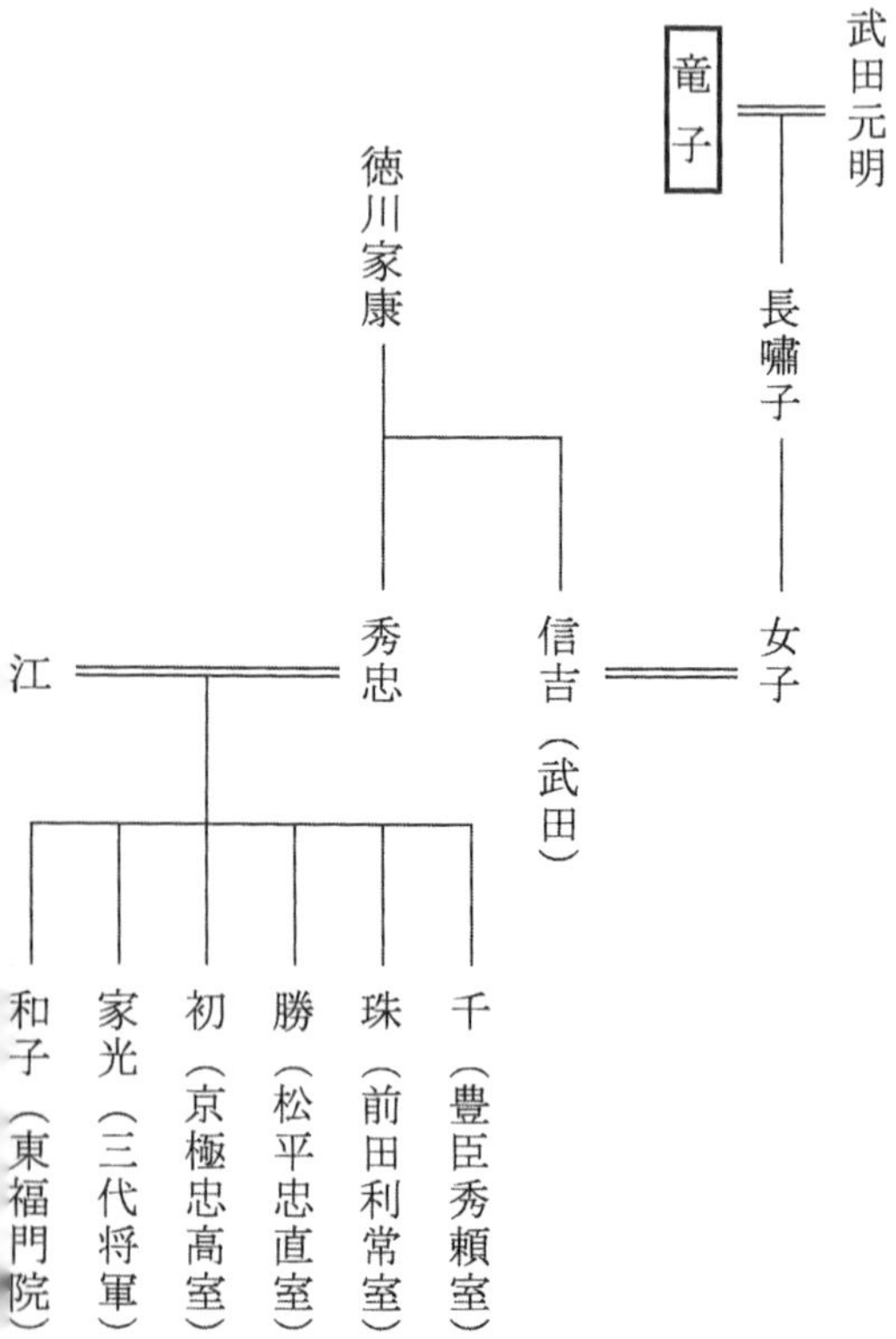

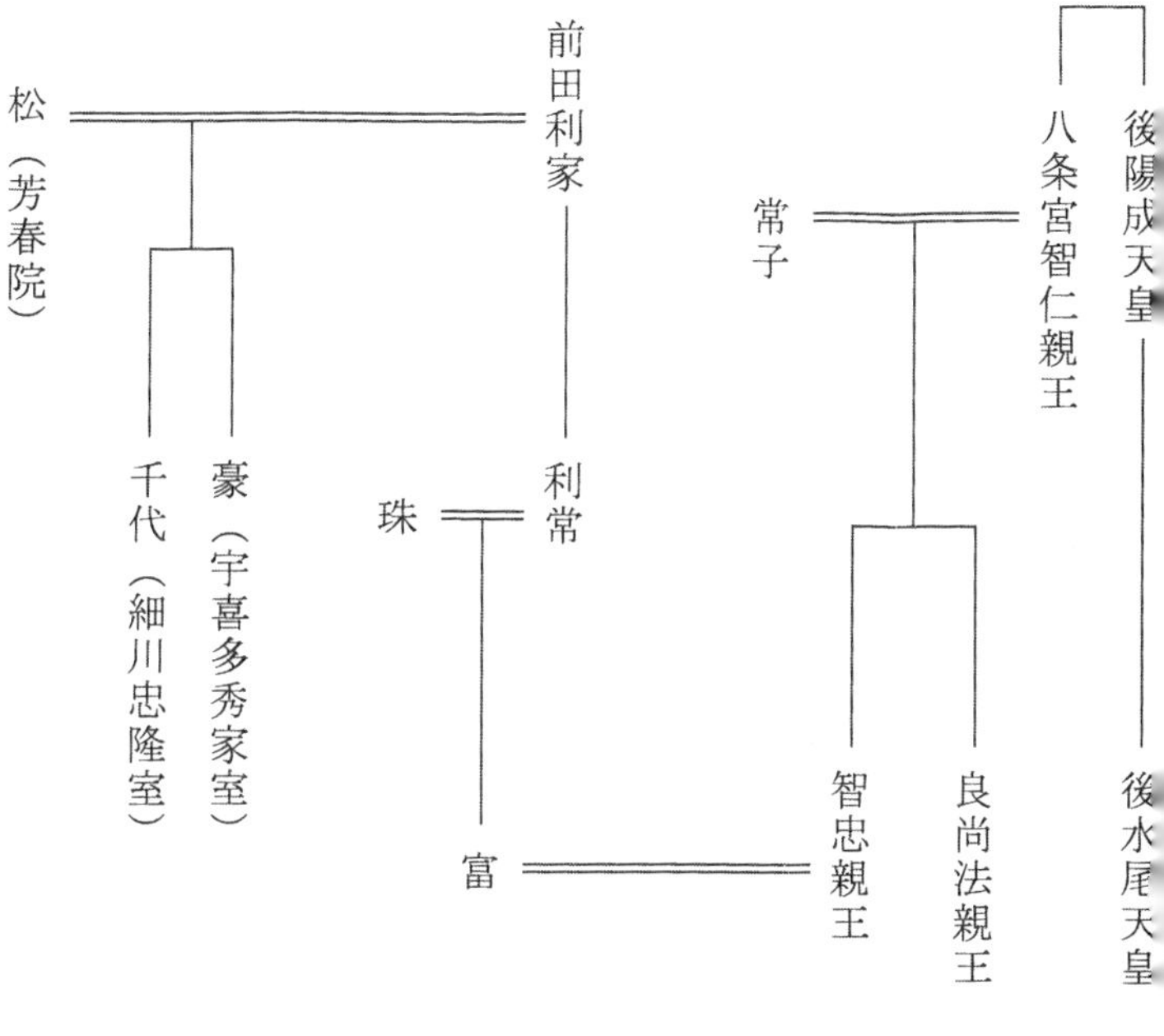
後陽成天皇
後水尾天皇
八条宮智仁親王
常子
良尚法親王
智忠親王
富
前田利家
利常
珠
松（芳春院）
豪（宇喜多秀家室）
千代（細川忠隆室）

本書は、平成十六年一月より五月まで、中外日報社に連載されたものを、今回加筆改稿しました。

附録は平成一二年より十四年まで、季刊誌「らくてぃぶ」（橋本確文堂）連載の「利家と女たち」より抜粋改稿しました。

著者・野村昭子（のむらあきこ）

昭和８年、金沢市に生まれる。
著書に『百万石異聞―前田利家と松』『大奥の宰相古那局』
『加賀藩と越前屋物語』『小松黄門・前田利常公』等
全国歴史研究会北陸地区事務局長
石川郷土史学会副会長
金沢市文化活動賞受賞。日本文芸家クラブ会員。

波上《はじょう》の舟《ふね》　京極《きょうごく》竜子《たつこ》の生涯《しょうがい》

発　行　二〇〇五年五月一日　第一刷

著　者　野村昭子

発行人　伊藤太文

発行元　株式会社叢文社
東京都文京区春日二―一〇―一五
〒一一二―〇〇〇三
電話　〇三（三八一五）四〇〇一

印刷・製本　モリモト印刷株式会社

定価はカバーに表示してあります。
乱丁・落丁についてはお取り替え致します。

ISBN4-7947-0521-2